UM ESTUDO EM VERMELHO

EU
LEIO

UM ESTUDO EM VERMELHO

Arthur Conan Doyle

Tradução

Heloisa Jahn

Apresentação e apêndice

Marcos Rey

TEXTO INTEGRAL

editora ática

Esta edição possui o mesmo texto ficcional das edições anteriores.

Título original: *A study in scarlet*
Título da edição brasileira: *Um estudo em vermelho*

GERENTE EDITORIAL Fabricio Waltrick
EDITORA ASSISTENTE Fabiane Zorn
EDIÇÃO DE TEXTO E REDAÇÃO DE NOTAS Leandro Quintanilha
COORDENADORA DE REVISÃO Ivany Picasso Batista
REVISORAS Alessandra Miranda de Sá e Cláudia Cantarin

ARTE
PROJETO GRÁFICO Ludo Design
CAPA E ILUSTRAÇÕES Diego Patiño
COORDENADORA DE ARTE Soraia Scarpa
ASSISTENTE DE ARTE Thatiana Kalaes
DIAGRAMAÇÃO Ludo Design
TRATAMENTO DE IMAGEM Cesar Wolf, Fernanda Crevin
PESQUISA ICONOGRÁFICA Evelyn Torrecilla

CIP-BRASIL. CATALOGAÇÃO NA FONTE
SINDICATO NACIONAL DOS EDITORES DE LIVROS, RJ

D784
8.ed.

Doyle, Arthur Conan, Sir, 1859-1930
Um estudo em vermelho / Arthur Conan Doyle ; tradução Heloisa Jahn ; apresentação e apêndice Marcos Rey ; ilustração Diego Patiño. - 8. ed. - São Paulo : Ática, 2012.
168 p. : il. - (Eu Leio)

Tradução de: A study in scarlet
"Texto integral"
Inclui apêndice e bibliografia
ISBN 978-85-08-16192-8

1. Literatura infantojuvenil inglesa. I. Jahn, Heloisa, 1947-. II. Patiño, Diego. III. Título. IV. Série.

12-7560. CDD: 028.5
CDU: 087.5

ISBN 978 85 08 16192-8 (aluno)
CL: 738352
CAE: 271614

2024
8ª edição
10ª impressão
Impressão e acabamento: Vox Gráfica / OP: 248766

Av. das Nações Unidas, 7221 | CEP 05425-902 | São Paulo | SP
Atendimento ao cliente: 4003-3061 | atendimento@aticascipione.com.br
www.coletivoleitor.com.br

SUMÁRIO

BAKER STREET, 221B: O ENDEREÇO DE UM BONÉ, DE UMA LUPA E DE UM CACHIMBO

Primeiro romance escrito por Arthur Conan Doyle, em *Um estudo em vermelho* já aparecem as figuras de Sherlock Holmes e do dr. Watson. A obra surgiu em folhetim, segundo a moda editorial da época. Depois os capítulos foram reunidos num volume, em 1887. Neste livro marcante, com mais de um século de vida, Conan Doyle procura juntar suas duas tendências literárias: a policial e a histórica ou de aventuras. O romance se passa em parte na Inglaterra e em parte nos Estados Unidos, em Salt Lake City, a capital religiosa dos mórmons, num período em que os pregadores dessa crença defendiam a poligamia, o que provocou até a intervenção do Exército na cidade.

Já nesse romance as aventuras de Sherlock Holmes assumem a forma de memórias do dr. Watson, o narrador efetivo de toda a obra. O formato memorialista foi bem escolhido porque possibilitou o tom íntimo, coloquial das narrações, além da credibilidade assegurada pelo respeitável médico, formado na Universidade de Londres.

Outro acerto de Conan Doyle foi situar sua história inicial parcialmente nos Estados Unidos, bem no centro de um problema existente no país, o dos conflitos religiosos. Isso deve ter facilitado a divulgação do nome do autor na América, onde ele sempre alcançou um êxito notável.

Neste *Um estudo em vermelho* aparecem também pela primeira vez as hoje manjadas brigas entre os detetives particulares

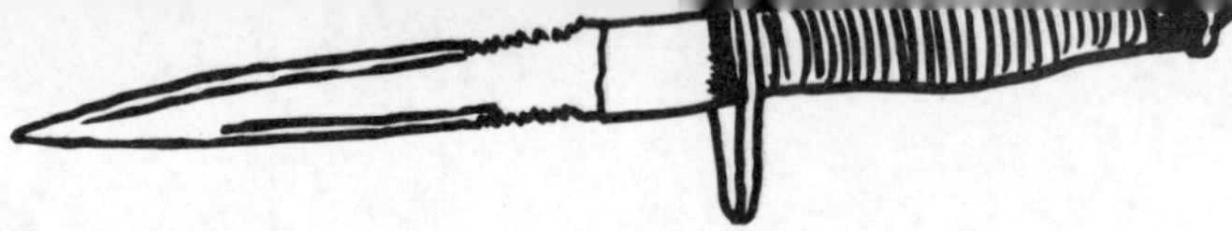

e os da polícia, que o cinema ainda explora. Sherlock trata bem Gregson e Lestrade, da Scotland Yard, mas considera ambos tolos e incapazes. O investigador particular e a polícia nunca caminham na mesma trilha, embora os detetives do sistema sejam sempre os que levam as honras da solução dos enigmas. Mais um clichê que o inventivo Conan Doyle criou e que ainda rende dividendos.

Vocês vão ler uma história de vingança intercontinental. Um romance extremamente tenso, desses que exigem respiração curta e nervosa. Seu grande valor, porém, está no marco que representa como introdutor de Sherlock Holmes e do seu instigante processo dedutivo. Há milhões de histórias policiais, mas vejam como elas começaram, de onde a maioria se originou, qual foi a fonte de inspiração. Isso já não é apenas ler, entreter-se, mas conhecer literatura, estar bem informado e assim ganhar o direito de opinar.

E, se gostarem de *Um estudo em vermelho*, escrevam para Baker Street, 221B, Londres, Inglaterra, residência do detetive. Dizem que muitos ainda fazem isso.

Marcos Rey

UM ESTUDO EM VERMELHO

PARTE I

(Sendo uma reimpressão das reminiscências do dr. John H. Watson, ex-membro do Departamento Médico do Exército.)

I

O SR. SHERLOCK HOLMES

No ano de 1878 formei-me doutor em medicina pela Universidade de Londres e rumei para Netley com o objetivo de acompanhar o curso destinado aos médicos do Exército. Depois de completar meus estudos, fui devidamente incorporado ao Quinto Regimento de Fuzileiros de Northumberland na qualidade de médico assistente. Na época o regimento estava estacionado na Índia; antes de eu conseguir chegar lá, estourava a segunda guerra afegã. Ao desembarcar em Bombaim, fiquei sabendo que minha unidade havia atravessado os desfiladeiros, internando-se em território inimigo. Isso não me impediu de ir atrás, acompanhado de muitos outros oficiais na mesma situação. Consegui chegar a Candahar em segurança; lá encontrei meu regimento e imediatamente assumi minhas novas funções.

Para muitos a campanha resultou em promoção e honrarias; para mim, no entanto, ela representou apenas infortúnio e desastre. Fui removido de meu regimento e incorporado ao Regimento de Berkshire, com o qual servi na fatídica batalha de Maiwand. Nessa batalha fui atingido no ombro pela bala de um *jezail*[1], que esmigalhou o osso e pegou de raspão a artéria subclavicular. Eu teria caído prisioneiro dos terríveis *ghazis*[2] não fosse

1 ***jezail***: rifle afegão, longo e pesado. (N.T.)

2 ***ghazis***: guerreiros muçulmanos. (N.T.)

a devoção e a coragem de Murray, meu ordenança, que me jogou no lombo de um cavalo de carga e conseguiu me levar com vida para trás das fileiras britânicas.

Abatido pela dor e debilitado em decorrência das prolongadas privações, fui transportado, juntamente com um longo cortejo de sofredores feridos, para o hospital da base de Peshawar. Lá fui recuperando as forças. Já estava bem melhor — em condições de andar pelas enfermarias e até de tomar um solzinho na varanda — quando fui colhido pela febre tifoide[3], essa maldição de nossas colônias hindus.

Durante meses minha vida foi considerada perdida; quando finalmente voltei a mim e entrei em convalescença, estava tão fraco e encovado que uma junta médica determinou que nem um dia mais deveria passar-se sem que me mandassem de volta para a Inglaterra. Em decorrência, fui despachado pelo *Orontes*, um navio de transporte de tropas, e um mês mais tarde, com a saúde irremediavelmente arruinada, mas autorizado por um governo paternal a passar os nove meses seguintes tentando melhorá-la, punha pé em terra no cais de Portsmouth.

Eu não tinha ninguém por mim na Inglaterra e por isso era livre como o vento — pelo menos tão livre quanto uma renda de onze xelins e seis *pence* por dia permite que um homem seja. Nada mais natural que gravitasse para Londres, essa grande fossa sanitária para onde se escoam irresistivelmente todos os vadios e desocupados do Império. Lá permaneci durante algum tempo, num hotel particular do Strand, levando uma existência sem conforto e sem sentido e gastando todo o dinheiro que tinha, consideravelmente mais do que devia gastar. Minhas finanças atingiram um estado tão alarmante que em pouco tempo percebi que ou deixava a metrópole e me enfiava em algum cafundó no interior, ou mudava por completo meu estilo de vida. Tendo escolhido a segunda alternativa, comecei por me decidir a abandonar o hotel para fixar domicílio num lugar menos pretensioso e mais barato.

No mesmíssimo dia em que cheguei a essa conclusão, estava eu parado no Criterion Bar quando alguém bate no meu

3 **febre tifoide**: doença infectocontagiosa. (N.E.)

ombro e, ao virar-me, tenho a surpresa de reconhecer o jovem Stamford, que no Bart's[4] fora meu assistente. Para um homem solitário como eu, a visão de um rosto amigo na grande selva de Londres foi uma coisa realmente muito agradável. Nos velhos tempos Stamford não tinha chegado a ser grande amigo meu, mas naquele momento saudei-o com entusiasmo, e ele, por sua vez, pareceu encantado com o encontro. Na exuberância de minha alegria convidei-o a almoçar comigo no Holborn, e lá nos fomos os dois num cabriolé[5].

— O que você anda fazendo da vida, Watson? — perguntou ele, sem disfarçar o espanto, enquanto sacolejávamos pelas ruas apinhadas de Londres. — Você está magro feito um sarrafo e marrom de tanto sol!

Fiz-lhe um breve resumo de minhas aventuras e mal tinha chegado ao fim quando atingimos nosso destino.

— Pobre-diabo! — disse ele, penalizado, depois de ouvir meus infortúnios. — E agora, em que anda metido?

— Ando atrás de um lugar para morar — respondi. — Estou tentando descobrir se é possível achar aposentos confortáveis por um preço módico.

— Que coincidência! — observou meu companheiro. — Você é a segunda pessoa a falar comigo hoje utilizando essa expressão.

— E quem foi a primeira? — perguntei.

— Um sujeito que está trabalhando no laboratório químico lá do hospital. Hoje de manhã ele estava se lamentando porque não conseguia uma pessoa com quem dividir um apartamento excelente que encontrou, só que caro demais para o bolso dele.

— Puxa! — exclamei. — Se ele quer mesmo uma pessoa para dividir o apartamento e os gastos, aqui está o homem certo. Prefiro, de longe, morar com outra pessoa a morar sozinho.

O jovem Stamford me lançou um olhar muito estranho por cima da borda do cálice.

— Você ainda nem conhece o Sherlock Holmes! — observou. — Sabe-se lá se ia gostar de tê-lo como companhia constante!

4 **Bart's**: Saint Bartholomew's Hospital, de Londres, um famoso hospital-escola. (N.T.)

5 **cabriolé**: carroça conversível, de duas rodas, puxada por um único cavalo. (N.E.)

— Por quê? Ele tem algum problema?

— Não estou dizendo que tenha. Só que acho as ideias dele meio esquisitas. Tem mania por certos campos da ciência. Mas que eu saiba é um sujeito correto.

— Estudante de medicina, imagino... — disse eu.

— Não. Não faço ideia de quais sejam seus planos de futuro. Tenho a impressão de que ele entende muito de anatomia, é um químico de primeira, mas, que eu saiba, jamais seguiu um curso regular de medicina. Seus estudos são desorganizados e excêntricos, mas seus conhecimentos informais são tantos e tão variados que os professores iriam ficar de queixo caído.

— Você nunca perguntou a ele em que pretende se especializar? — perguntei.

— Não; ele não é homem de se abrir fácil, embora consiga ser muito comunicativo quando lhe dá na telha.

— Eu gostaria muito de conhecê-lo — disse eu. — Se vou morar com alguém, prefiro que seja um homem dedicado aos estudos, sossegado. Ainda não estou forte que chegue para aguentar muito barulho, muita agitação. Barulho e agitação tive de sobra no Afeganistão, em dose suficiente para o restante dos meus dias. Como faço para encontrar esse seu amigo?

— Neste momento, com certeza ele está no laboratório — respondeu meu companheiro. — Das duas uma: ou evita o lugar durante semanas, ou trabalha lá da manhã à noite. Se você quiser, damos uma passadinha lá depois do almoço.

— Ótimo — respondi, e a conversa tomou outro rumo.

Enquanto nos dirigíamos para o hospital depois de sair do Holborn, Stamford me forneceu alguns outros detalhes sobre o cavalheiro com quem eu planejava dividir um apartamento.

— Se não der certo, não vá dizer que a culpa é minha — disse. — Pouco sei sobre ele, só o que ele me disse nas poucas vezes em que nos encontramos no laboratório. Você é que teve a ideia de dividir o apartamento: depois não vá dizer que o responsável fui eu.

— Se não der certo é só cada um ir para o seu lado — respondi. — Estou com a impressão, Stamford — acrescentei, olhando firme para meu companheiro —, de que você tem algum motivo para estar querendo lavar as mãos do assunto. Por acaso esse sujeito tem um gênio horroroso? Qual é o problema? Não fique com rodeios, por favor!

— Não é fácil exprimir o inexprimível — respondeu ele rindo. — Holmes é um pouco científico demais para o meu gosto... Chega às raias da insensibilidade. Posso imaginá-lo dando a um amigo uma pitadinha da última descoberta em matéria de alcaloide vegetal... Não por maldade, entende, só por espírito científico, para poder ter uma ideia clara dos efeitos. Na verdade, para ser justo, acho que ele mesmo tomava a coisa sem vacilar. O homem parece ter verdadeira paixão pelo conhecimento preciso, exato.

— E qual é o problema?

— Nenhum, só que às vezes ele exagera. Quando se trata de espancar os cadáveres com um porrete nas salas de anatomia, você há de convir que a coisa fica meio estranha.

— Espancar cadáveres?

— É, para verificar até que ponto é possível produzir ferimentos depois da morte. Já vi com meus próprios olhos ele fazer isso.

— E mesmo assim você me diz que ele não estuda medicina?

— Não estuda. Só Deus sabe o objeto de seus estudos. Bom, chegamos. Trate de fazer você mesmo um juízo sobre ele.

Enquanto Stamford falava, tomamos por uma passagem estreita que ia dar numa pequena porta lateral, que, por sua vez, se abria para uma das alas do grande hospital. Para mim era território conhecido; não foi preciso mostrar-me o caminho enquanto subíamos a melancólica escadaria de pedra e avançávamos pelo corredor comprido, com sua paisagem de paredes caiadas e portas de tonalidade parda. Perto da extremidade oposta do corredor abria-se uma galeria baixa, com o teto em arco, que levava ao laboratório de química.

O laboratório era um aposento amplo, atulhado de incontáveis frascos. Viam-se, espalhadas, diversas mesas baixas e largas, eriçadas de retortas, tubos de ensaio e pequenos bicos de Bunsen com suas trêmulas chamas azuis. Na sala havia apenas um estudante, inclinado sobre uma mesa afastada, completamente absorto no que fazia. Ao ouvir o som de nossos passos ele levantou os olhos e, vendo-nos, ergueu-se num pulo soltando uma exclamação de prazer.

— Achei! Achei! — gritou para meu companheiro; ao mesmo tempo, correu para nós com um tubo de ensaio na mão. — Achei um reagente que é precipitado pela hemoglobina e unicamente pela hemoglobina.

Tivesse ele encontrado uma mina de ouro, suas feições não poderiam estar iluminadas por prazer maior.

— Dr. Watson, este é o sr. Sherlock Holmes — disse Stamford, apresentando-nos.

— Como vai? — disse ele cordialmente, apertando minha mão com uma força que eu dificilmente teria imaginado que tivesse. — Estou vendo que andou pelo Afeganistão!

— Como é possível você saber uma coisa dessas? — perguntei, tomado de espanto.

— Deixe para lá — disse ele, com uma risadinha satisfeita. — A questão agora é a hemoglobina. É claro que vocês estão percebendo a importância de minha descoberta...

— Sem dúvida, quimicamente é interessante — respondi —, mas do ponto de vista prático...

— O que é isso, homem? Na área da medicina legal, esta é a descoberta prática mais importante em anos! Então você não vê que ela nos permite um teste infalível para as manchas de sangue? Chegue aqui.

Em sua excitação, ele me pegou pela manga do paletó e me puxou até a mesa onde trabalhava ao chegarmos.

— Primeiro um pouquinho de sangue fresco — disse, espetando um comprido estilete no dedo e recolhendo com uma pipeta a resultante gota de sangue. — Agora adiciono esta pequena quantidade de sangue a um litro de água. Vocês podem ver que a mistura obtida tem aparência de água pura. A proporção de sangue não pode ser maior que um para um milhão. No entanto, estou seguro de que vamos conseguir obter a reação característica.

Enquanto falava, jogou no recipiente uns poucos cristais brancos, depois adicionou algumas gotas de um fluido transparente. Num instante o conteúdo adquiriu uma tonalidade fosca castanho-avermelhada e um pó marrom precipitou-se para o fundo da jarra de vidro.

— Ha! Ha! — gritou ele batendo as mãos, com o ar maravilhado de uma criança com um brinquedo novo. — O que vocês acham disso?

— Parece um teste muito delicado — observei.

— Lindo! Lindo! O antigo teste com guáiaco era muito tosco e duvidoso. O mesmo se pode dizer do exame microscópico para localização de corpúsculos sanguíneos. Esse último não tem validade se as manchas já tiverem algumas horas. Este meu teste, porém, parece funcionar igualmente com sangue velho e sangue novo. Se tivesse sido inventado antes, há muito tempo centenas de homens que hoje circulam pelas ruas teriam sido punidos por seus crimes.

— Não me diga! — murmurei.

— O tempo todo aparecem casos criminais que dependem desse ponto. Um homem é suspeito de ter cometido um crime meses antes, por exemplo. Seus lençóis ou suas roupas são examinados, e encontram-se manchas escuras. Será que são manchas de sangue? De lama? De ferrugem? De fruta? Que manchas são aquelas? Essa questão já tirou o sono de muito especialista. E por quê? Porque não havia teste confiável. Agora que já temos o teste Sherlock Holmes, as dificuldades acabaram.

Enquanto ele falava, seus olhos lançavam chispas; em seguida, pôs a mão sobre o coração e se inclinou, como se agradecendo os aplausos de uma multidão imaginária.

— Parece que você merece cumprimentos — observei, consideravelmente surpreso com seu entusiasmo.

— No ano passado, em Frankfurt, houve o caso Von Bischoff. Sem dúvida ele teria sido enforcado se o teste já existisse. Depois houve o caso Mason, em Bradford, e o famoso Müller, e o Lefèvre, em Montpellier, e o Samson, em Nova Orleans. Posso citar uma lista de casos em que o teste teria sido decisivo.

— Você parece um almanaque ambulante do crime — disse Stamford, rindo. — Não quer fundar um jornal sobre o assunto? O nome poderia ser *Notícias Policiais do Passado*, o que acha?

— Seria uma leitura muito instrutiva — observou Sherlock Holmes, colando um esparadrapo sobre a picada no dedo. Depois, virando-se para mim com um sorriso, continuou: — Preciso ter cuidado porque lido muito com venenos.

Enquanto falava, estendeu a mão, e notei que estava toda pontilhada por outros pedacinhos semelhantes de esparadrapo, além de descolorida por potentes ácidos.

— Viemos aqui a negócios — disse Stamford, sentando-se numa banqueta de três pernas e empurrando outra com o pé na minha direção. — Meu amigo aqui está atrás de um canto para morar, e você andou se queixando de não conseguir uma pessoa para dividir o aluguel de um apartamento. Achei que era o caso de juntar os dois.

Sherlock Holmes pareceu encantado com a ideia de morar comigo.

— Estou de olho num apartamento na Baker Street — disse — que daria certinho para nós. Você não tem nada contra o cheiro de tabaco forte, espero...

— Eu próprio fumo sempre tabaco de marinheiro — respondi.

— Ótimo. Em geral ando às voltas com produtos químicos e de vez em quando faço experiências. Você se incomoda?

— De modo algum.

— Deixe-me ver... que outros defeitos tenho? Às vezes entro na fossa e não abro a boca dias e dias. Quando isso acontecer, não vá imaginar que estou aborrecido. É só me deixar em paz que logo passa. E você, o que tem a confessar? Se dois sujeitos pretendem morar juntos, acho melhor estarem informados sobre o que cada um tem de pior.

Achei graça no interrogatório.

— Tenho um filhote de buldogue — disse — e não gosto de confusão porque estou com os nervos abalados. Levanto nas horas mais estapafúrdias e sou extremamente preguiçoso. Quando estou bem de saúde tenho outra coleção de vícios, mas no momento são esses os principais.

— Por acaso tocar violino entra na sua classificação de "confusão"? — perguntou ansioso.

— Depende do músico — respondi. — Um violino bem tocado é um regalo para os deuses; um violino mal tocado é um...

— Tudo bem, tudo bem — exclamou ele com uma risada divertida. — Acho que podemos considerar o negócio fechado. Quer dizer, se você gostar do apartamento.

— Quando vamos vê-lo?

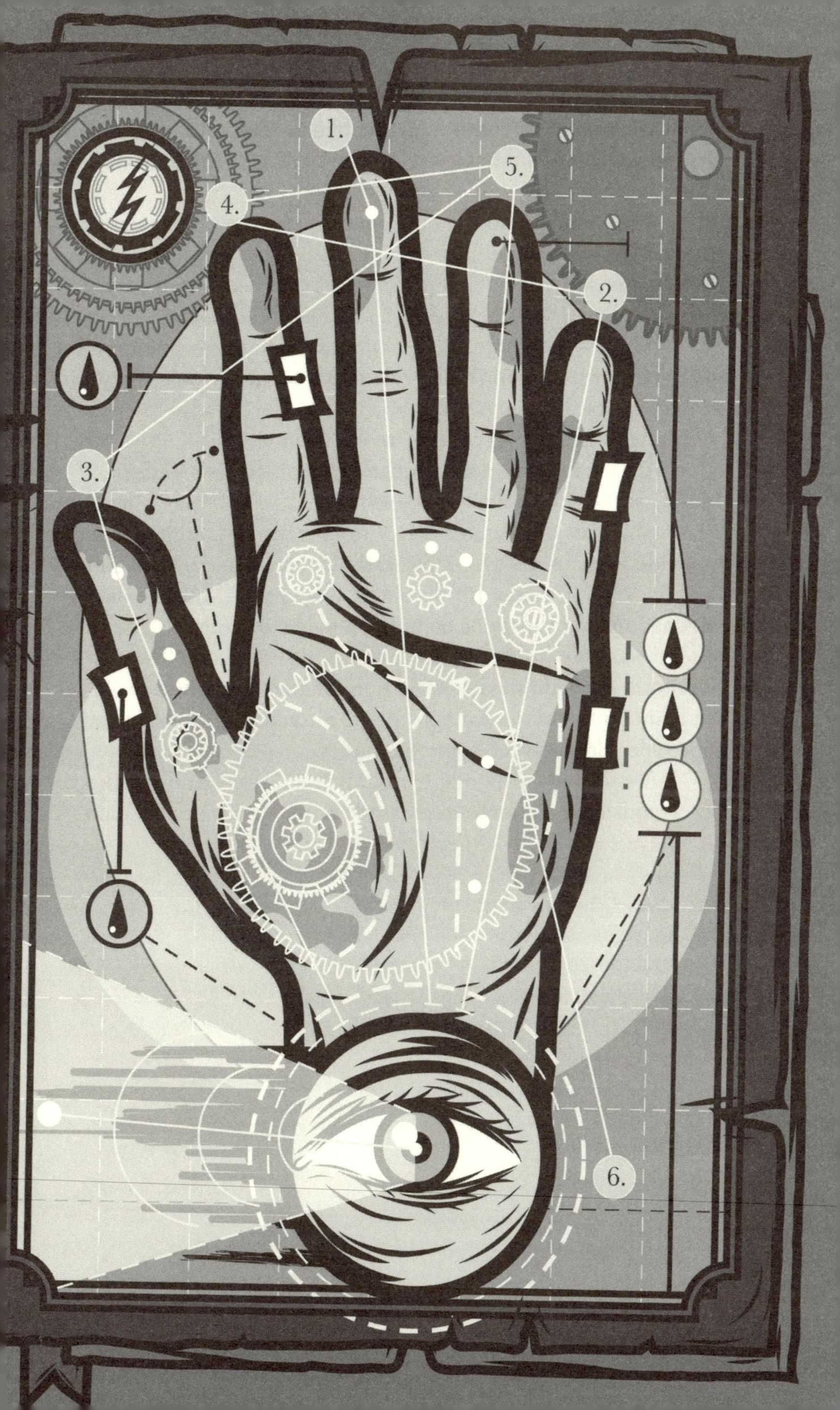

1.
5.
4.
2.
3.
6.

— Venha me encontrar aqui amanhã ao meio-dia. Vamos até lá juntos e aproveitamos para tomar todas as providências — respondeu ele.

— Está bem. Meio-dia em ponto — disse eu, despedindo-me com um aperto de mão.

Deixamos Sherlock Holmes às voltas com seus produtos químicos e fomos andando na direção de meu hotel.

— Aliás — perguntei de repente, estacando e voltando-me para Stamford —, como diabos ele foi saber que estou chegando do Afeganistão?

Meu companheiro sorriu de modo enigmático.

— Aí está, justamente, a pequena esquisitice dele — disse. — Muita gente já quis saber como ele faz para descobrir as coisas.

— Ah, quer dizer que temos um mistério? — exclamei, esfregando as mãos. — Que coisa estimulante! Agradeço-lhe muito ter-nos aproximado um do outro. Como você sabe, o objeto adequado para os estudos da humanidade é o próprio homem.

— Nesse caso você deve tratar de estudá-lo — disse Stamford, despedindo-se. — Só que vai constatar que o problema é um tanto complexo. Aposto que ele vai ficar sabendo mais sobre você do que você sobre ele. Até logo.

— Até logo — respondi, e continuei andando na direção do hotel, consideravelmente interessado em meu novo conhecido.

II

A CIÊNCIA DA DEDUÇÃO

No dia seguinte nos encontramos como combinado e fomos ver o apartamento da Baker Street, 221B, que ele mencionara durante nosso encontro. O apartamento consistia em dois quartos confortáveis e uma única sala, bem arejada, grande, alegremente mobiliada, com duas amplas janelas por onde entrava muita luz. Era um lugar tão desejável de todos os pontos de vista e o seu preço era tão moderado quando dividido entre os dois, que o negócio foi imediatamente concluído, e na hora recebemos as chaves. Na mesma tarde retirei tudo o que era meu do hotel e levei para lá; na manhã seguinte foi a vez de Sherlock Holmes, que chegou com diversas caixas e valises. Durante um dia ou dois nos dedicamos a desembalar tudo e a distribuir nossos bens da forma mais agradável possível. Isso feito, gradualmente as coisas foram entrando nos eixos e começamos a nos adaptar ao novo ambiente.

Sem dúvida, Holmes era uma pessoa de fácil convivência, quieto à sua maneira e de hábitos regulares. Raramente ficava acordado depois das dez da noite e, quando eu levantava pela manhã, invariavelmente ele já havia tomado café e saído. Às vezes passava o dia no laboratório de química, às vezes nas salas de anatomia e ocasionalmente em longas caminhadas, que aparentemente o levavam aos bairros mais mal-afamados da cidade. Quando tinha um acesso de atividade, era de uma energia imbatível; vez por outra, no entanto, entrava numa espécie de ressaca e passava dias deitado no sofá da sala, da manhã à noite, praticamente sem falar, sem mover um músculo. Nessas ocasiões observei em seus olhos uma expressão tão ausente, tão vazia, que teria sido capaz de suspeitar que fosse viciado em alguma droga se a temperança e a limpidez de sua vida como um todo não tornassem a ideia absurda.

Com o passar das semanas, meu interesse por ele e minha curiosidade quanto a seus objetivos na vida foram gradualmente se aprofundando e aumentando. Sua pessoa, sua aparência bastavam para chamar a atenção do observador mais descuidado. Tinha mais de um metro e oitenta de altura e era tão extremamente esguio que parecia ainda muito mais alto. Os olhos eram atentos, penetrantes, exceto nos períodos de torpor a que me referi; e o nariz delgado, aquilino, dava vivacidade e determinação ao semblante. Também o queixo tinha a proeminência e a angularidade que assinalam o homem decidido. As mãos viviam respingadas de tinta e manchadas de produtos químicos, embora ele fosse detentor de uma extrema delicadeza de toque, como inúmeras vezes tive ocasião de observar vendo-o manipular seus frágeis instrumentos científicos.

Talvez o leitor prefira interromper esta leitura julgando-me um intrometido incurável quando eu confessar o quanto aquele homem estimulava minha curiosidade e quantas vezes tentei vencer suas reticências em tudo o que dissesse respeito a si próprio. Antes de pronunciar minha sentença, porém, deixem-me lembrá-los de como minha vida era sem objetivo, de quão pouco havia para invocar minha atenção. Devido a meu estado de saúde, eu estava impossibilitado de aventurar-me fora de casa quando o clima estivesse menos que magnífico; não tinha amigos que me visitassem para quebrar a monotonia de minha existência diária. Nessas circunstâncias, acolhi com entusiasmo o pequeno mistério que envolvia meu companheiro e passava boa parte do tempo tentando decifrá-lo.

Medicina ele não estudava. O próprio Holmes, respondendo a uma pergunta, encarregou-se de confirmar o palpite de Stamford a esse respeito. Tampouco parecia ter seguido um curso regular que o capacitasse a um diploma em ciência ou a qualquer outro umbral reconhecido que o introduzisse no mundo erudito. Mesmo assim, sua dedicação a determinados estudos era notável, e, numa perspectiva excêntrica, seus conhecimentos eram tão extraordinariamente amplos e minuciosos que suas observações me deixavam literalmente embasbacado. Sem dúvida homem algum iria estudar tanto, para obter informações tão precisas, se não estivesse voltado para um objetivo definido. Os leitores sem método poucas vezes se destacam pela exatidão de seus conhecimentos. Homem algum sobrecarrega a mente com questões sem importância caso não tenha alguma boa razão para fazê-lo.

Sua ignorância era tão notável quanto seus conhecimentos. De literatura contemporânea, filosofia e política ele aparentemente não entendia quase nada. Uma vez citei Thomas Carlyle[6], e ele me perguntou com a maior ingenuidade quem era esse, o que havia feito. Minha surpresa chegou ao auge, porém, quando casualmente descobri que ele ignorava a teoria de Copérnico e a composição do sistema solar. A ideia de que em pleno século XIX uma pessoa civilizada pudesse não estar informada de que a Terra gira em torno do Sol pareceu-me um fato tão extraordinário que quase não consegui enfiar aquilo na cabeça.

— Você parece surpreso — disse ele, sorrindo de minha cara de espanto. — Pois bem: agora que fiquei sabendo, vou fazer o possível para esquecer.

— Esquecer?!

— Veja — explicou —, em minha opinião o cérebro humano originalmente é como uma casa vazia que vai sendo equipada com os móveis que a pessoa escolhe. Os tolos levam para dentro todos os trastes que encontram, de modo que os conhecimentos que poderiam ser-lhes úteis ficam completamente atravancados, ou, na melhor das hipóteses, misturados com um monte de outras coisas, de modo que essas pessoas têm dificuldade para atingir o que desejam. Já o trabalhador eficiente tem o maior cuidado quanto ao que leva para dentro de seu cérebro-casa. Ele só se interessa pelas ferramentas capazes de ajudá-lo a fazer seu trabalho, mas dessas tem um enorme sortimento, tudo na mais perfeita ordem. É um engano imaginar que aquela salinha tem paredes elásticas, capazes de se distenderem o quanto se

6 **Thomas Carlyle**: historiador e pensador escocês (1795-1881), um dos homens mais famosos do século XIX, época em que se escreveu este livro. (N.T.)

queira. Pode acreditar: chega um momento em que todo acréscimo de conhecimento significa esquecer alguma coisa que antes se sabia. É da maior importância, portanto, não ter fatos inúteis tirando o lugar dos úteis.

— Mas o sistema solar! — protestei.

— E daí? Grande coisa! — interrompeu-me ele irritado. — Você diz que ficamos dando voltas no Sol. Se déssemos voltas na Lua não faria a menor diferença para mim em meu trabalho.

Eu estava a ponto de perguntar-lhe que trabalho era esse, mas algo em seu jeito fez-me entender que a pergunta não teria boa acolhida. Isso não me impediu de ficar pensando sobre nossa curta troca de ideias e de tentar chegar a algumas conclusões. Ele dissera que não estava interessado em conhecimentos estranhos ao tema que o ocupava. Em decorrência, todos os conhecimentos que detinha eram de um tipo útil para ele. Fiz uma lista mental de todos os diversos pontos em relação aos quais ele demonstrava estar excepcionalmente bem informado. Cheguei a pegar um lápis para anotá-los. Quando o documento ficou pronto, tive que rir. Continha o que se segue.

SHERLOCK HOLMES — seus limites

1. Conhecimentos de literatura — zero.
2. " " filosofia — zero.
3. " " astronomia — zero.
4. " " política — sofríveis.
5. " " botânica — variáveis. Bom em beladona[7], ópio e venenos em geral. Não entende coisa alguma de jardinagem prática.
6. " " geologia — práticos, mas limitados. Identifica com um olhar os diferentes tipos de solo. Ao voltar de suas caminhadas, às vezes me mostra respingos de lama nas calças e me diz, baseado em sua cor e consistência, em que parte de Londres os recebeu.
7. " " química — profundos.
8. " " anatomia — acurados, mas pouco sistemáticos.
9. " " literatura sensacionalista — imensos. Parece conhecer todos os detalhes de todos os horrores perpetrados neste século.
10. Toca bem violino.
11. É excelente boxeador, espadachim e jogador de bastão.
12. Tem bons conhecimentos práticos da legislação britânica.

7 **beladona**: planta com flores em forma de sino e frutos roxos, cultivada por seu uso em venenos e medicamentos. (N.E.)

Quando minha lista chegou a esse ponto, joguei-a na lareira desanimado. "Se o único jeito de saber o que o homem está querendo é juntar essas habilidades e descobrir um ofício que as utilize todas", disse eu para mim mesmo, "é melhor desistir já".

Vejo que antes me referi a seus dotes de violinista. Eram dotes notáveis, mas tão excêntricos quanto todas as outras coisas que fazia. Que fosse capaz de executar peças, e peças difíceis, isso eu sabia muito bem, porque a pedido meu tocara alguns dos *Lieder* de Mendelssohn, bem como outras peças de que gosto especialmente. Abandonado a si mesmo, porém, era raro ele produzir uma música ou tentar executar qualquer ária conhecida. Recostando-se na poltrona onde havia passado a tarde, gostava às vezes de fechar os olhos e arranhar absorto o instrumento esquecido sobre os joelhos. Os acordes podiam ser sonoros ou melancólicos, fantásticos ou festivos. Via-se que refletiam os pensamentos que lhe passavam pela cabeça — mas, se a música contribuía para esses pensamentos ou se a execução era simplesmente o resultado de um capricho ou devaneio, já isso eu não era capaz de deduzir. Talvez eu tivesse me rebelado contra aqueles solos exasperantes não fosse o fato de que ele costumava encerrá-los tocando em rápida sucessão toda uma sequência de minhas árias favoritas — consolo singelo pela provação imposta a minha paciência.

Durante uma semana mais ou menos, ninguém nos visitou; no começo pensei que aquele meu parceiro era um homem tão sem amigos quanto eu próprio, mas depois constatei que na realidade ele tinha muitas relações, e nas mais diferentes classes sociais. Havia um sujeito baixote, branquelo, cara de rato, olhos escuros, que me foi apresentado como sr. Lestrade e que aparecia três ou quatro vezes por semana. Certa manhã tivemos a visita de uma garota muito bem-vestida que ficou meia hora ou mais. Na mesma tarde apareceu um senhor grisalho, surrado, com jeito de mascate judeu, que me deu a impressão de estar muito agitado e que foi seguido de perto por uma mulher idosa e desmazelada. Em certa ocasião um velho elegante, de cabelos brancos, teve uma entrevista com meu companheiro; de outra feita foi um carregador ferroviário em seu uniforme de belbutina[8].

8 **belbutina**: versão mais fina do belbute, tecido de algodão aveludado. (N.E.)

Sempre que aparecia algum desses personagens dúbios, Sherlock Holmes costumava pedir-me para usar a sala, e eu me retirava para meu quarto. Ele sempre pedia desculpas pelo incômodo. "Tenho que usar a sala como local de trabalho", dizia, "essas pessoas são meus clientes". Novamente eu tinha a oportunidade de fazer-lhe uma pergunta direta e novamente minha delicadeza me impedia de forçar outra pessoa a confiar-se a mim. Na época imaginei que ele pudesse ter alguma razão forte para não se referir à questão, mas pouco depois ele mesmo desmentiu essa ideia abordando o assunto por livre e espontânea vontade.

No dia 4 de março, como tenho boas razões para lembrar, saí da cama um pouco mais cedo que de hábito e constatei que Sherlock Holmes ainda não terminara seu café. A senhoria já estava tão acostumada com meus horários tardios que meu lugar não fora posto nem meu café preparado. Com a insensata petulância do ser humano, toquei a sineta e informei com rispidez que já estava a postos. Depois peguei uma revista da mesa e com ela tentei ajudar o tempo a passar, enquanto meu companheiro mastigava silencioso sua torrada. Um dos artigos estava assinalado a lápis junto ao título; naturalmente me pus a passar os olhos por ele.

O título, um tanto ambicioso, era "O livro da vida". O artigo era uma tentativa de demonstrar quantas coisas um homem observador pode ficar sabendo através da análise sistemática de tudo o que lhe apareça pela frente. A impressão que tive foi de uma notável mistura de perspicácia e absurdo. O raciocínio era rigoroso e intenso, mas as deduções pareceram-me artificiais e exageradas. O autor afirmava que uma expressão momentânea, a contração de um músculo ou um olhar de esguelha podiam revelar os pensamentos mais íntimos de um homem. A falsidade, segundo ele, era uma impossibilidade no caso do indivíduo treinado para a observação e a análise. As conclusões de tal pessoa seriam tão infalíveis quanto os teoremas de Euclides[9]. Aos olhos dos leigos, os resultados que poderia obter pareceriam

9 **Euclides**: matemático grego (c. 430 a.C.-c. 360 a.C.) da Antiguidade tido como o pai da geometria. (N.E.)

inacreditáveis: enquanto estes não se familiarizassem com os processos que permitiam sua obtenção, talvez considerassem essa pessoa um adivinho.

"A partir de uma gota de água", dizia o autor,

> um lógico poderia inferir a possibilidade de um Atlântico ou uma Niágara sem jamais tê-los visto ou ouvido falar que existem. Analogamente, toda vida é uma grande corrente cuja natureza torna-se conhecida desde que nos apresentem um único elo. Como todas as outras artes, a Ciência da Dedução e da Análise só pode ser adquirida através de estudos prolongados e pacientes; a vida não é suficientemente longa para permitir que um mortal qualquer seja capaz de atingir o ápice da perfeição em seu ofício. Antes de enfrentar os aspectos morais e mentais que apresentam maior grau de dificuldade em determinada questão, convém que aquele que indaga comece por dominar os problemas mais elementares. Que, ao encontrar outro mortal, aprenda a perceber através de um mero olhar a história do homem e o ofício ou profissão a que se dedica. Por mais pueril que esse exercício possa parecer, ele aguça as faculdades de observação e ensina para onde olhar e o que tentar ver. As unhas de um homem, a manga de seu paletó, sua botina, os joelhos de suas calças, as calosidades de seu indicador e seu polegar, sua expressão, os punhos de sua camisa — eis diversos elementos que permitem discernir claramente a ocupação de um homem. Se tudo isso junto não revelar os fatos ao observador competente... Eis, em qualquer circunstância, uma hipótese praticamente inconcebível.

— Quanto disparate! — exclamei, batendo com a revista na mesa. — Nunca li tanta besteira na vida.

— O que é? — perguntou Sherlock Holmes.

— Ora, este artigo — disse eu, apontando com a colher do ovo enquanto me sentava para o café da manhã. — Estou vendo que você leu, pois fez uma marca. Está bem escrito, não nego. Mas me irrita. Evidentemente se trata da teoria de uma dessas pessoas que passam o dia enfiadas em suas bibliotecas, sentadas numa poltrona a desenvolver todos esses pequenos paradoxos tão caprichados. Não é prático. Eu gostaria de ver uma pessoa dessas no aperto de um vagão de terceira classe do metrô pesquisando as ocupações dos outros passageiros. Aposto que não conseguia.

— Pois você ia perder dinheiro — observou Holmes calmamente. — Quanto ao artigo, eu mesmo o escrevi.

— Você?!

— É. Tenho uma queda tanto pela observação como pela dedução. As teorias que manifestei aí, e que você acha tão quiméricas, na realidade são extremamente práticas, tão práticas que dependo delas para ganhar a vida.

— Como? — perguntei sem querer.

— Bom, tenho cá o meu ofício. Suponho que sou o único no mundo a tê-lo. Sou consultor-detetive, caso você consiga entender o que isso seja. Aqui em Londres temos milhares de detetives do governo, milhares de detetives particulares. Quando esses sujeitos não sabem o que fazer, me procuram e dou um jeito de encaminhá-los para a direção correta. Eles me contam tudo o que sabem, e em geral sou capaz de organizar essas informações graças a meus conhecimentos de história do crime. Os crimes têm entre si características familiares muito acentuadas; quando você tem todos os detalhes de mil crimes na ponta dos dedos, quase sempre consegue desvendar o milésimo primeiro. Lestrade é um detetive muito conhecido. Recentemente se atrapalhou todo num caso de fraude e por isso me procurou.

— E as outras pessoas?

— Quase sempre são enviadas por agências particulares de investigação. São pessoas com algum tipo de problema que querem algum esclarecimento. Ouço suas histórias, elas ouvem meus comentários, depois embolso meus honorários.

— Você está querendo me dizer que sem sair desta sala é capaz de desvendar mistérios que outros homens não conseguem solucionar, mesmo que eles tenham visto todos os detalhes pessoalmente?

— Justamente. Tenho uma espécie de intuição para isso. De vez em quando surge um caso um pouco mais complexo. Aí sou obrigado a me mexer e ver as coisas com os próprios olhos. Veja, sou detentor de um grande volume de conhecimentos especiais que aplico ao problema, e isso facilita fantasticamente as coisas. As regras de dedução expostas no artigo que mereceu seu desprezo são inestimáveis em meu trabalho prático. Em mim a observação é uma segunda natureza. Você pareceu surpreso quando eu lhe disse, por ocasião de nosso primeiro encontro, que você estava chegando do Afeganistão.

— Alguém lhe contou, claro.

— Nada disso. Eu *sabia* que você tinha vindo do Afeganistão. Graças a um longo hábito, os pensamentos se encadearam tão depressa em minha cabeça que cheguei a essa conclusão sem tomar consciência dos passos intermediários. Mas esses passos ocorreram. O raciocínio seguiu o seguinte percurso: "Aqui está um cavalheiro com tipo de médico, mas com jeito de militar. Evidentemente médico do Exército, portanto. Acaba de chegar dos trópicos, pois seu rosto está queimado, mas essa não é a tonalidade natural de sua pele, pois seus pulsos são claros. Passou por provações e doenças, como anuncia claramente sua fisionomia abatida. Teve um ferimento no braço esquerdo, que movimenta com rigidez, sem naturalidade. Em que lugar dos trópicos um médico do Exército inglês poderia ter passado por tantas dificuldades e receber um ferimento no braço? No Afeganistão, evidentemente". Toda essa sequência de pensamentos ocupou menos de um segundo. Aí observei que você tinha vindo do Afeganistão e você fez um ar surpreso.

— Quando você explica parece muito simples — disse eu, sorrindo. — Você me faz pensar no Dupin[10] de Edgar Allan Poe. Eu não fazia ideia de que esses indivíduos pudessem existir fora dos livros de histórias.

Sherlock Holmes pôs-se em pé e acendeu o cachimbo.

— Sem dúvida você imagina que me faz um cumprimento ao comparar-me a Dupin — observou. — Pois saiba que em minha opinião Dupin era um sujeito muito primitivo. Aquele truque dele de entrar nos pensamentos dos amigos com uma observação oportuna depois de um silêncio de quinze minutos é realmente muito pretensioso e superficial. Ele tinha um certo gênio analítico, é verdade, mas de modo algum era o fenômeno que Poe parecia imaginar que fosse.

— Você já leu Gaboriau[11]? — perguntei. — Por acaso Lecoq corresponde à ideia que você faz de um detetive?

Sherlock Holmes fungou com desdém.

10 **Dupin**: C. Auguste Dupin, detetive criado pelo escritor norte-americano Edgar Allan Poe (1809-1849) em *Os assassinatos da rua Morgue*, publicado em 1841. É considerado o primeiro detetive da ficção moderna. (N.E.)

11 **Gaboriau**: Émile Gaboriau (c. 1832-1873), escritor francês pioneiro da ficção policial e criador do detetive Monsieur Lecoq. (N.E.)

— Lecoq era um infeliz, um trapalhão — disse em tom irritado. — Só tinha uma coisa a seu favor: a energia. Aquele livro me deixou simplesmente doente. A questão era como identificar um prisioneiro desconhecido. Eu teria sido capaz de fazê-lo em vinte e quatro horas. Lecoq precisou de seis meses mais ou menos. Podiam aproveitar o livro para ensinar aos detetives o que *não* devem fazer.

Fiquei um tanto indignado ao ver dois personagens que eu admirava tratados com tamanho desprezo. Fui até a janela e fiquei olhando o movimento da rua. "Talvez esse sujeito seja muito inteligente, mas não há dúvida de que também é muito convencido", pensei comigo.

— Hoje em dia não há criminosos, não há crimes — disse ele com tristeza. — De que adianta um cérebro nesta profissão? Sei muito bem que tenho tudo para ficar famoso. Homem algum, vivo ou morto, jamais reuniu tal quantidade de estudos e tanto talento natural para a investigação do crime quanto eu. Com que resultado? Não há crimes a investigar! No máximo alguma safadeza malfeita, com objetivos tão evidentes que qualquer funcionário da Scotland Yard consegue descobrir tudo.

Aquela conversa presunçosa continuava me incomodando. Achei melhor mudar de assunto.

— Que será que aquele homem está procurando? — perguntei, apontando um indivíduo robusto, modestamente vestido, que andava devagar pelo outro lado da rua, a olhar os números aflito. Tinha na mão um grande envelope azul e evidentemente era portador de uma mensagem.

— Você se refere àquele sargento aposentado dos Fuzileiros Navais? — observou Sherlock Holmes.

"Falar é fácil!", pensei comigo mesmo. "Ele sabe que não tenho como verificar seu palpite."

Nem bem esse pensamento me cruzara a cabeça e já o homem a quem estávamos olhando avistou o número em nossa porta e atravessou a rua correndo. Ouvimos um golpe forte lá embaixo, uma voz grave e passos pesados subindo a escada.

— Para o sr. Sherlock Holmes — disse o homem entrando no aposento e entregando a carta a meu amigo.

Ali estava a oportunidade de ensinar-lhe uma lição de modéstia. Ao dar aquele tiro no escuro ele não podia prever o que iria acontecer.

— Posso perguntar-lhe uma coisa, meu amigo? — indaguei com a voz mais inocente do mundo. — O que você faz na vida?

— Mensageiro, senhor — disse ele, em tom rude. — O uniforme está fora para consertos.

— E o que você era? — perguntei, lançando um olhar levemente malicioso para meu companheiro.

— Sargento, senhor. Infantaria Ligeira do Real Corpo de Fuzileiros Navais, senhor. Sem resposta? Tudo bem, senhor.

Bateu os calcanhares, ergueu a mão numa continência e se foi.

III

O MISTÉRIO DA LAURISTON GARDENS

Confesso que fiquei tremendamente impressionado com aquela confirmação da natureza prática das teorias de meu companheiro; meu respeito por sua capacidade de análise cresceu vertiginosamente. Só ficou uma pontinha de desconfiança: será que aquilo tudo não teria sido combinado, com o objetivo de abalar minha incredulidade? Havia apenas um problema: eu não conseguia achar uma razão plausível para ele querer me enganar. Olhei para ele e vi que acabara de ler o bilhete. Seus olhos tinham adquirido a expressão ausente, opaca, que indicava abstração mental.

— Como você foi deduzir uma coisa dessas? — perguntei.

— Deduzir o quê? — retrucou ele, impaciente.

— Ora, que o sujeito era sargento aposentado dos Fuzileiros Navais.

— Estou sem tempo para bobagens — respondeu ele com aspereza; depois, com um sorriso, acrescentou: — Desculpe a grosseria. Você interrompeu o fio de meus pensamentos; talvez tenha sido até melhor. Quer dizer que você não conseguiu perceber que o homem era sargento dos Fuzileiros Navais?

— É, não consegui.

— Foi mais fácil perceber o fato do que explicar-lhe a razão por que percebi. Se alguém lhe mandasse provar que dois mais dois são quatro, talvez você encontrasse alguma dificuldade, mesmo tendo absoluta certeza do resultado. Veja: embora ele estivesse do outro lado da rua, consegui perceber uma grande âncora azul tatuada no dorso de sua mão. Só podia ser coisa de mar... Ao mesmo tempo, ele tinha um porte militar e as costeletas típicas. E já temos o fuzileiro naval. Era um homem com uma certa pose, tinha ar de comando. Provavelmente você observou o modo como erguia a cabeça e balançava a bengala. Um homem equilibrado, respeitável, de meia-idade: tudo isso junto me levou a acreditar que tivesse sido sargento dos Fuzileiros Navais.

— Fantástico! — exclamei.

— Trivial — disse Holmes, embora sua expressão denunciasse satisfação diante da surpresa e da admiração que eu não procurava disfarçar. — Acabei de dizer que já não há criminosos. Parece que estava errado. Olhe isto aqui! — E me jogou o bilhete trazido pelo mensageiro.

— Mas isso é terrível! — comentei, passando os olhos pelo que estava escrito.

— Parece um tanto fora do comum — observou ele calmamente. — Você se importa de ler alto para mim?

Eis a carta que li para ele.

> Prezado sr. Sherlock Holmes,
>
> Esta noite houve uma ocorrência grave na Lauriston Gardens, 3 — perto da Brixton Road. O guarda viu uma luz no local aproximadamente às duas da manhã e, como a casa estava desocupada, desconfiou de alguma coisa. Achou a porta aberta e na sala da frente, que está sem móveis, encontrou o corpo de um homem bem-vestido que tinha no bolso cartões de visita com o nome "Enoch J. Drebber, Cleveland, Ohio, Estados Unidos". Nada de roubo e nada de pistas sobre a forma como o homem havia morrido. Há manchas de sangue na sala, mas o corpo não apresenta ferimentos. Não temos ideia de como ele conseguiu entrar naquela casa vazia; na verdade não dá para entender coisa alguma da história toda. Se o senhor puder dar um pulo ao local em qualquer momento antes do meio-dia, lá estarei. Deixei tudo intato até ter notícias suas. Caso não possa vir, mais tarde lhe comunicarei outros detalhes; caso queira beneficiar-me com sua opinião, para mim será uma grande gentileza de sua parte.
>
> Cordialmente,
> Tobias Gregson.

— Gregson é o melhor homem da Scotland Yard — observou meu amigo. — Só ele e Lestrade se salvam naquele bando de nulidades. Ambos são rápidos e enérgicos, só que convencionais, absurdamente convencionais. Além disso, um quer puxar o tapete do outro, ciumentos como vedetes. Se os dois forem designados para o caso, vai ficar divertido.

Fiquei assombrado com a calma dele comentando as coisas.

— Mas certamente não há um momento a perder! — exclamei. — Você quer que eu mande vir um carro?

— Ainda não sei se devo ir até lá. Sou o sujeito mais irremediavelmente preguiçoso que já se viu por estas paragens... quer dizer, isso quando não me dá um ataque, porque aí acontece de eu ficar extremamente ativo.

— Mas esta é exatamente uma oportunidade do tipo que você estava querendo!

— Querido amigo! Para mim, que diferença faz? Supondo-se que eu esclareça a coisa toda, pode ter certeza de que Gregson, Lestrade e companhia vão tratar de ficar com todos os louros. É nisso que dá ser um personagem não oficial.

— Mas ele está lhe pedindo por favor para ajudá-lo!

— É. Sabe que sou melhor que ele e reconhece o fato diante de mim; mas haveria de preferir cortar a língua antes de admiti-lo para qualquer outra pessoa. Enfim, é melhor a gente ir até lá dar uma olhada. Vou esclarecer tudo à minha moda. Se não ganhar nada, pelo menos posso rir um pouco da cara deles. Avante!

Apoderou-se do sobretudo e investiu de modo tal que ficou evidente que o ataque de apatia fora substituído por um ataque de atividade.

— Apanhe o chapéu — disse.

— Você quer que eu vá junto?

— Quero, se você não tiver nada melhor a fazer.

Um minuto mais tarde estávamos ambos num cabriolé que cruzava as ruas a toda rumo à Brixton Road.

Era uma manhã cheia de névoa e nuvens; havia um véu pardacento logo acima do telhado das casas, uma espécie de reflexo das ruas cor de lama. Meu companheiro estava de ótimo humor, jogando conversa fora sobre violinos de Cremona e a diferença entre um Stradivarius e um Amati.[12] Quanto a mim, nada dizia,

12 **Cremona**: cidade italiana da região da Lombardia, famosa pelo fabricante de violinos Antonius **Stradivarius** (c. 1644-1737); **Amati**: Nicolò Amati foi membro dos Amati, uma célebre família italiana fabricante de instrumentos musicais; em 1666 foi mentor de Stradivarius. (N.E.)

pois o tempo ruim e o triste caso em que estávamos envolvidos deixavam-me deprimido.

— Você parece não se preocupar muito com o assunto que nos interessa — comentei afinal, interrompendo a peroração musical de Holmes.

— Total ausência de informações — respondeu. — É um erro primário ficar teorizando antes de saber o que aconteceu. Distorce o raciocínio.

— Em breve você terá todas as informações que quiser — observei, apontando com o dedo. — Aí está a Brixton Road, e aquela é a casa, se não me engano.

— Isso mesmo. Pare, cocheiro, pare! — Ainda estávamos a uns cem metros de distância, mas ele fez questão de descer ali, e concluímos nossa jornada a pé.

A casa da Lauriston Gardens, 3, tinha um aspecto sinistro, ameaçador. Fazia parte de um grupo de quatro casas um pouco recuadas da rua, duas habitadas e duas vazias. Estas últimas arvoravam três tristes fileiras de janelas abandonadas e sombrias, exceto pelo fato de que aqui e ali desenvolvera-se uma espécie de catarata sobre as vidraças turvas — uma placa com os dizeres *Aluga-se*. Cada uma dessas casas era separada da rua por um jardinzinho salpicado por uma erupção irregular de plantas doentias, atravessado por uma trilha estreita, amarelada, aparentemente feita com uma mistura de barro e cascalho. Todo o local estava encharcado devido à chuva da noite. O jardim era cercado por uma mureta de tijolos de mais ou menos um metro de altura, encimada por uma grade de madeira; nessa mureta estava encostado um vigoroso policial, cercado por um grupinho de desocupados que espichavam os pescoços e forçavam os olhos na esperança vã de captar alguma coisa do que se passava no interior.

Eu achava que, assim que chegasse, Sherlock Holmes entraria correndo casa adentro, ansioso para mergulhar no estudo do mistério. Nada, porém, parecia mais distante de suas intenções. Com um ar de pouco-caso que, nas circunstâncias, parecia chegar às raias da afetação, ele ficou andando de lá para cá na calçada, a olhar distraído o chão, o céu, as casas do outro lado da rua e a cerca de madeira. Concluído o exame, pôs-se a percorrer lentamente o caminhozinho — ou melhor, a faixa de grama que havia ao lado do caminhozinho — sem nunca tirar os olhos do chão. Duas vezes parou; uma vez o vi sorrir, soltando uma exclamação satisfeita. Viam-se muitas marcas de passos no solo úmido e lodoso, mas como a polícia tinha passado muitas vezes por ali eu não entendia como meu companheiro podia ter a esperança de ficar sabendo algo a partir do que via. Ora, eu recebera provas extraordinárias da acuidade de suas faculdades perceptivas, por isso não tinha dúvidas de que era capaz de enxergar uma porção de coisas que para mim permaneciam ocultas.

Quando chegamos à porta da casa, fomos recebidos por um homem alto, de rosto branco e cabelo claro, com uma caderneta na mão. Depois de precipitar-se em nossa direção, ele sacudiu com entusiasmo a mão de meu companheiro.

— Realmente, é muita bondade sua ter vindo — dizia. — Não deixei ninguém tocar em nada.

— Só naquilo! — observou Holmes, apontando a trilha do jardim. — Se uma manada de búfalos tivesse passado por ali, a confusão não seria maior. Sem dúvida, porém, Gregson, antes de permitir que uma coisa dessas acontecesse, o senhor já tinha chegado a algumas conclusões!

— Tive tanto a fazer dentro da casa... — disse o detetive, constrangido. — Meu colega, o sr. Lestrade, também está aqui. Pensei que ele fosse tomar conta dessa parte.

Holmes me olhou de esguelha e levantou as sobrancelhas com expressão irônica.

— Com dois homens competentes como o senhor e Lestrade em cena, o que uma terceira pessoa pode esperar descobrir? — comentou.

Gregson esfregou as mãos, satisfeito.

— Acho que fizemos tudo o que era possível fazer — respondeu —, mas este é um caso estranho e conheço sua atração por essas coisas.

— O senhor veio para cá num cabriolé? — perguntou Sherlock Holmes.

— Não, não vim.

— E Lestrade?

— Também não.

— Então vamos dar uma olhada na sala.

Com essa observação inconsequente, avançou para a casa seguido por um Gregson de semblante muito intrigado.

Um corredorzinho empoeirado, de assoalho de tábuas, conduzia à cozinha e às dependências de serviço. Para esse corredor se abriam duas portas, uma para a direita, outra para a esquerda. Uma delas estava fechada havia semanas, era indiscutível. A outra pertencia à sala de jantar, ou seja, ao local onde se dera o misterioso acontecimento. Holmes entrou, e eu atrás dele. Meu coração estava apertado, com aquele sentimento de contrição que inspira a presença da morte.

Era um aposento amplo, quadrado, parecendo ainda maior pelo fato de não ter mobília alguma. As paredes estavam revestidas com um papel vulgar, vistoso, com diversas manchas de bolor; aqui e ali, nos pontos onde se descolara da parede, o papel pendia em grandes tiras, expondo o reboco amarelo. Defronte à porta havia uma lareira aparatosa, encimada por um parapeito de falso mármore branco. Num dos cantos desse parapeito estava grudado um toco de vela vermelha. A única janela do aposento estava tão suja que a luz entrava fosca e indefinida, tingindo tudo de um cinza sombrio, intensificado pela grossa camada de pó que revestia a peça inteira.

Esses detalhes todos eu só observei depois. Na hora, minha atenção foi monopolizada pelo personagem isolado, sinistro e imóvel estendido no assoalho com olhos inexpressivos, cegos, a contemplar o teto desbotado. Era um homem de cerca de quarenta e três ou quarenta e quatro anos, estatura mediana, ombros largos, cabelo negro muito crespo e barba curta, eriçada. O homem vestia uma grossa sobrecasaca de lã, colete e calças claras; o colarinho e os punhos de sua camisa estavam imaculados. A seu lado, no chão, via-se uma elegante cartola muito bem escovada. Tinha as mãos crispadas, os braços jogados para os lados e os membros inferiores trançados, como se sua agonia houvesse sido muito penosa. No rosto rígido ostentava uma expressão de horror e, pareceu-me, de ódio — os mais intensos que jamais contemplara numa fisionomia humana. Aquele esgar maligno e terrível, associado à testa baixa, ao nariz chato e ao queixo grande, dava ao morto uma aparência singularmente simiesca[13], primitiva, intensificada por aquela pose contorcida e pouco natural. Já vi a morte sob muitas formas, mas nunca antes ela me aparecera num aspecto mais inquietante do que ali naquela sala escura, encardida, cuja janela se abria para uma das principais artérias do subúrbio londrino.

Lestrade, magérrimo e metido como sempre, posicionou-se junto à porta e nos cumprimentou.

— Este caso vai dar o que falar, senhor — observou. — Nunca vi nada igual, e olhe que já tenho estrada.

— Nenhuma pista? — perguntou Gregson.

— Nada — afirmou Lestrade com convicção.

Sherlock Holmes se aproximou do corpo e, ajoelhando-se, examinou-o com todo o cuidado.

— Os senhores estão seguros de que não há ferimento? — perguntou, apontando as numerosas gotas e respingos de sangue ao redor.

— Positivo! — exclamaram os dois policiais.

— Então, evidentemente, esse sangue pertence a um segundo indivíduo — provavelmente o assassino, se é que houve assassinato. Isso me faz pensar nas circunstâncias que cercaram a morte de Van Jansen, em Utrecht, no ano de 1834. Está lembrado do caso, Gregson?

— Não, senhor.

— Dê uma lida na história, não deixe de fazê-lo. Nunca há nada de novo sob o sol. Tudo já foi feito antes.

Enquanto ele falava, seus dedos ágeis voavam daqui para ali e por toda a parte, apalpando, pressionando, desabotoando, examinando, enquanto seus olhos apresentavam a mesma expressão ausente que já mencionei. O exame foi feito tão depressa que qualquer pessoa teria dificuldades para imaginar seu grau de minúcia. Para concluir, Holmes cheirou os lábios do morto, depois verificou as solas de suas botas de couro.

— O corpo não foi nem um pouco mexido? — perguntou.

— Não mais que o necessário para nossa verificação.

— Então ele já pode ser removido para o necrotério — disse Holmes. — Nada mais há para ver.

13 **simiesco**: de *símio*, semelhante a um macaco. (N.E.)

Gregson tinha quatro homens à espera com uma maca. Atendendo a seu chamado, os quatro entraram no aposento, e o desconhecido foi erguido e carregado para fora. No momento em que o corpo foi levantado, um anel tilintou de encontro ao chão, depois rolou. Lestrade inclinou-se para pegá-lo e em seguida fixou-o aturdido.

— Uma mulher andou por aqui! — exclamou. — Isto é uma aliança de mulher.

Dizendo isso, abriu a mão e mostrou o anel. Aproximamo-nos todos para olhar. Não havia dúvida possível: o pequeno aro de ouro um dia adornara o dedo de uma noiva.

— Isso complica as coisas — disse Gregson. — E Deus sabe que elas já estavam suficientemente complicadas.

— O senhor tem certeza de que isso não simplifica as coisas? — observou Holmes. — Nada a constatar no anel, não é preciso ficar olhando para ele. O que ele tinha nos bolsos?

— Está tudo aqui — disse Gregson, apontando uma pilha de objetos sobre um dos degraus inferiores da escada. — Um relógio de ouro nº 97163 da casa Barraud, Londres. Corrente de ouro maciço para o relógio, bem grossa. Anel de ouro com símbolo maçônico. Alfinete de ouro: cabeça de buldogue com olhos de rubi. Porta-cartões de visitas russo, de couro, com cartões de Enoch J. Drebber, de Cleveland, o que combina com as iniciais E. J. D. da roupa branca. Não havia carteira, mas o dinheiro solto somava sete libras e treze xelins. Edição de bolso do *Decameron*[14] de Boccaccio com o nome Joseph Stangerson na folha de rosto. Duas cartas, uma dirigida a E. J. Drebber e outra a Joseph Stangerson.

— Endereço?

— American Exchange, Strand, para serem entregues quando reclamadas. Ambas foram enviadas pela Companhia Guion de Navegação e dizem respeito às datas de saída dos navios da empresa do porto de Liverpool. Vê-se que o infeliz pretendia voltar para Nova York.

14 ***Decameron***: também chamada *Decamerão*, trata-se de uma coleção de novelas do italiano Giovanni Boccaccio (1313-1375) publicada entre 1349 e 1353, considerada um marco pré-renascentista da literatura. Escritas em vernáculo italiano, retratam costumes populares. (N.E.)

— Averiguações relativas a esse Stangerson?

— Assim que cheguei, senhor — disse Gregson. — Mandei publicar anúncios em todos os jornais, e um de meus homens foi até o American Exchange, só que ainda não voltou.

— Averiguações em Cleveland?

— Telegrafamos esta manhã.

— Que perguntas foram feitas?

— Simplesmente narramos o caso em detalhes e dissemos que gostaríamos de obter toda e qualquer informação capaz de ajudar-nos.

— Não foram pedidos detalhes sobre pontos específicos que pudessem parecer mais importantes?

— Perguntei sobre Stangerson.

— Só? Não há nada a que esse caso pareça estar relacionado? Seria possível passar novo telegrama?

— Eu já disse tudo o que havia a dizer — afirmou Gregson em tom ofendido.

Sherlock Holmes deu uma risadinha e parecia prestes a fazer uma observação quando Lestrade, que estava na sala da frente enquanto conversávamos no vestíbulo, voltou a entrar em cena esfregando as mãos com ar pomposo e satisfeito.

— Sr. Gregson — disse ele —, acabo de fazer uma descoberta da maior importância, uma descoberta que teria sido negligenciada não fosse meu exame minucioso das paredes.

Os olhos do homenzinho faiscavam enquanto ele falava; era evidente que se encontrava num estado de excitação contida, como se houvesse marcado um ponto sobre o colega.

— Venham — disse, arremetendo novamente para a sala, cuja atmosfera parecia mais arejada desde a remoção do medonho inquilino. — Agora fiquem parados aqui!

Riscou um fósforo na bota e aproximou-o da parede.

— Vejam só! — disse, triunfante.

Já comentei que o papel havia caído em alguns lugares. Naquele canto específico do aposento um pedaço grande havia descolado, expondo um quadrado amarelo de reboco grosseiro. Sobre esse espaço exposto estava rabiscada uma única palavra, em letras cor de sangue:

RACHE

— E então? Que lhes parece? — exclamou o detetive, parecendo um ator a apregoar seu espetáculo. — Ninguém notou porque isto está no canto mais escuro da peça, onde ninguém teve a ideia de olhar. O assassino, ou assassina, escreveu com seu próprio sangue. Vejam a mancha no lugar onde o sangue escorreu pela parede! Seja como for, podemos descartar a hipótese de suicídio. Aliás, por que escolher este canto para escrever? Já lhes digo. Olhem para a vela em cima da lareira. Na hora ela estava acesa, e com ela acesa este canto era a parte mais iluminada da parede, não a mais escura.

— E qual o significado disso, agora que o senhor *encontrou*? — inquiriu Gregson em tom depreciativo.

— O significado? Ora, simplesmente que a pessoa que escreveu ia pôr o nome feminino "Rachel", só que antes de conseguir terminar aconteceu alguma coisa para impedi-lo (ou impedi-la). Anotem minhas palavras: quando este caso for esclarecido, os senhores vão ficar sabendo que uma mulher chamada Rachel tinha algo a ver com a história. Pode rir, sr. Sherlock Holmes. O senhor pode ser muito esperto, muito inteligente, mas, quando se olha direitinho, nada como um velho cão de caça.

— Por favor, me desculpe! — disse meu companheiro, que deixara o homenzinho irritado porque estourara numa risada. — Sem dúvida o senhor tem o mérito de ter sido o primeiro dentre nós a localizar a inscrição; e, como o senhor bem observou, tudo indica que quem escreveu foi o outro participante do mistério de ontem à noite. Ainda não tive tempo de examinar esta sala, mas, com sua licença, é exatamente o que vou fazer agora.

Enquanto falava, Holmes sacou do bolso uma fita métrica e uma grande lente de aumento redonda. Armado desses dois instrumentos, perambulou pelo aposento sem fazer ruído, às vezes detendo-se, eventualmente ajoelhando-se, uma vez estirando-se no chão de barriga para baixo. Tão embebido estava em sua ocupação que parecia ter esquecido nossa presença, pois o tempo inteiro falava baixinho para si mesmo soltando uma série de exclamações, grunhidos, assobios e gritinhos que pareciam destinados a estimulá-lo, a dar-lhe esperança. Olhando para ele não tive como deixar de pensar num perdigueiro puro-sangue bem treinado correndo de um lado para outro pelo matagal, ganindo de ansiedade, até localizar o rastro perdido. Durante vinte minutos ou mais ele prosseguiu com suas pesquisas, medindo com imenso cuidado a distância que separava marcas totalmente invisíveis para mim, e de vez em quando aplicando a trena à parede de modo igualmente incompreensível. Em determinado lugar reuniu com cuidado uma pequena pilha de pó cinzento do assoalho e guardou-o num envelope. Por fim examinou com a lupa a palavra na parede, letra a letra, com exatidão milimétrica. Feito isso, pareceu dar-se por satisfeito, pois voltou a guardar no bolso a fita métrica e a lupa.

— Dizem que o gênio é uma capacidade infinita de esforçar-se — observou com um sorriso. — É uma péssima definição, mas se aplica ao trabalho de detetive.

Gregson e Lestrade haviam observado as manobras do colega amador com considerável curiosidade e algum desdém. Evidentemente não sabiam apreciar o fato, que eu começara a perceber, de que os menores atos de Sherlock Holmes dirigiam-se invariavelmente a um mesmo objetivo prático e definido.

— Qual sua opinião, senhor? — perguntaram ao mesmo tempo.

— Eu estaria despojando os senhores dos méritos do caso se tivesse a pretensão de ajudá-los — observou meu amigo. — Os senhores estão se saindo tão bem que seria uma lástima alguém se intrometer.

Quando ele falava, em sua voz havia uma montanha de sarcasmo.

— Caso os senhores queiram me contar como estão evoluindo as investigações — continuou —, será um prazer ajudá-los no que for possível. Enquanto isso, gostaria de falar com o guarda que encontrou o corpo. Os senhores poderiam me fornecer seu nome e endereço?

Lestrade deu uma espiada em sua caderneta.

— John Rance — disse. — Hoje ele está de folga. Poderá encontrá-lo na Audley Court, 45, Kennington Park Gate.

Holmes tomou nota do endereço.

— Venha, doutor — disse —, vamos até lá falar com ele. Vou-lhes dizer uma coisa que talvez possa ajudá-los neste caso — continuou, voltando-se para os dois detetives. — O caso é de assassinato, e o assassino é um homem. Tem mais de um metro e oitenta de altura, está na flor da idade, tem pés pequenos para sua altura, usa botas rústicas, de bico quadrado, e estava fumando um charuto Trichinopoly. Chegou aqui com sua vítima numa carruagem de quatro rodas puxada por um cavalo com três ferraduras velhas e uma nova na pata dianteira direita. É muito provável que o assassino tenha rosto vermelho e que as unhas de sua mão direita sejam extremamente longas. Estas são apenas algumas observações que talvez possam ser-lhes de alguma utilidade.

Lestrade e Gregson se entreolharam com um sorriso incrédulo nos lábios.

— Se o homem foi assassinado, como foi o assassinato? — perguntou o primeiro.

— Veneno — disse Sherlock Holmes, lacônico, e foi saindo. — Outra coisa, Lestrade — acrescentou, virando-se da porta: — "*Rache*" é alemão, significa "vingança"; portanto não perca seu tempo procurando dona Rachel.

E com essa observação ferina se afastou, deixando para trás os dois rivais embasbacados.

IV

O QUE JOHN RANCE TINHA PARA CONTAR

Era uma hora da tarde quando saímos da Lauriston Gardens, 3. Sherlock Holmes me carregou até a agência dos Correios e Telégrafos mais próxima, de onde enviou um extenso telegrama. Em seguida fez parar um carro e ordenou ao cocheiro que nos levasse até o endereço fornecido por Lestrade.

— Nada como o testemunho de primeira mão — observou —; para falar a verdade, tenho certeza absoluta de que sei como foi cometido o assassinato; mas não importa, sempre é melhor estar informado de todos os detalhes.

— Você me deixa abismado, Holmes — disse eu. — Não entendo como pode sair afirmando as coisas com tanta certeza. Aqueles pormenores todos!

— Não há erro possível — respondeu ele. — A primeiríssima coisa que percebi quando chegamos foi que um carro havia deixado sulcos de rodas junto à calçada. Ora, até ontem à noite não chovia havia uma semana, ou seja, aquelas rodas que deixaram marcas tão fundas deviam ter passado por lá durante a noite. Também observei os rastros das patas de um cavalo; o contorno de uma delas estava bem mais nítido que os das outras três, mostrando que uma das ferraduras era nova. Como o tal carro passou por lá depois do começo da chuva, mas não durante a manhã (é o que me garante Gregson), deduz-se que deve ter passado durante a noite e que, portanto, levou aqueles dois indivíduos até a casa.

— Parece muito simples — disse eu —, mas como você descobriu a estatura do outro homem?

— Ora, nove vezes em dez a estatura de um homem pode ser inferida a partir do tamanho de sua passada. É um cálculo muito simples, mas acho que não vale a pena amolar você com números. Pude observar o tamanho da passada do sujeito tanto na lama, do lado de fora da casa, como no pó, do lado de dentro. Além disso, tive oportunidade de tirar a prova de meus cálculos. Quando um homem escreve numa parede, seu instinto o leva a escrever mais ou menos na altura dos próprios olhos. Ora, a inscrição estava a um pouquinho mais que um metro e oitenta do chão. Brincadeira de criança.

— E a idade? — perguntei.

— Bom, o homem que consegue dar uma passada de 1,37m sem o menor esforço não pode estar velho e acabado. Era isso o que media uma poça de água na trilha do jardim sobre a qual, aparentemente, ele passou. O das botas de verniz deu a volta, e o do bico quadrado passou por cima. Nenhum mistério quanto a isso. Estou simplesmente aplicando à vida diária alguns daqueles princípios de observação e dedução que defendi no artigo. Algum outro aspecto a esclarecer?

— As unhas e o charuto Trichinopoly — sugeri.

— A inscrição na parede foi feita com um dedo indicador de homem molhado no sangue. Minha lupa permitiu-me observar que o reboco foi levemente arranhado durante a inscrição, o que não teria acontecido se a unha do homem estivesse aparada. Recolhi um pouco de cinza espalhada pelo chão. Era de cor escura e descamava — um tipo de cinza que só o Trichinopoly produz. Fiz um estudo especial sobre cinzas de charuto; para falar a verdade, escrevi uma monografia sobre a questão. Orgulho-me de saber identificar com um simples olhar a cinza de todas as marcas conhecidas, tanto de charuto como de tabaco. É exatamente nesse tipo de detalhe que o detetive experimentado se distingue dos Gregsons e Lestrades.

— E o rosto vermelho? — perguntei.

— Ah, essa parte foi mais arriscada, mas estou convencido de que acertei. Ainda não está na hora de me fazer essa pergunta.

Passei a mão pela testa.

— Estou com a cabeça rodando — observei. — Quanto mais se pensa na história, mais misteriosa ela fica. Como esses dois homens, se é que eram dois homens, foram parar numa casa desocupada? Onde se meteu o cocheiro do carro que os levou? Como um homem foi capaz de convencer outro a tomar veneno? De onde saiu o sangue? O que queria o assassino, visto que não houve roubo? E o anel da mulher, como foi parar lá? E, principalmente, por que o segundo homem inventou de escrever na parede a palavra alemã *RACHE* antes de dar o fora? Confesso que não consigo achar um jeito de concatenar esses fatos todos.

Meu companheiro sorriu aprovadoramente.

— Você enumera as dificuldades da situação de forma sucinta e eficaz — disse. — Resta muito a esclarecer, embora eu já esteja completamente seguro quanto aos fatos essenciais. No que diz respeito à descoberta do pobre do Lestrade, foi simplesmente uma pista plantada com o objetivo de lançar a polícia na direção errada, soprando explicações como "socialismo", "sociedades secretas"... Quem escreveu não é alemão. Não sei se você observou que o A tinha um quê do jeito alemão de escrever, em gótico. Ora, um alemão de verdade *sempre* utiliza caracteres latinos, de modo que podemos afirmar com segurança que o autor da inscrição não o era, tratando-se simplesmente de um imitador inábil que exagerou seu papel. Aquilo era só um estratagema para confundir o inquérito. Vou parar de lhe contar coisas sobre o caso, doutor. Você sabe que o mágico que explica a mágica perde a autoridade; se eu ficar lhe contando como funciona meu método de trabalho, você vai acabar chegando à conclusão de que não passo de um sujeito muito trivial.

— Nunca vou fazer isso — respondi. — Graças a você, hoje a investigação é quase uma ciência exata: duvido que algum dia alguém consiga ir mais longe que você nesse sentido.

Ouvindo essas palavras e o tom convicto com que eu as pronunciava, meu companheiro corou de satisfação. Eu já observara que ele era tão sensível a elogios sobre seu desempenho profissional quanto uma garota em relação à própria beleza.

— Vou-lhe contar só mais uma coisa — disse. — Botas de verniz e Bico-quadrado chegaram no mesmo carro, avançaram pela trilha do jardim da maneira mais amistosa possível, muito provavelmente de braços dados; depois de entrar, ficaram andando de um lado para o outro na sala, ou melhor, Botas de verniz ficou parado enquanto Bico-quadrado andava de um lado para outro. Tudo isso eu li no pó; e li também que, quanto mais ele andava, mais excitado ficava. Dá para perceber isso pelo fato de ele dar passadas cada vez maiores. Falava o tempo inteiro e ia ficando cada vez mais enfurecido, quanto a isso não há dúvida. Aí houve a tragédia. Acabo de lhe contar tudo o que eu mesmo sei, porque o resto são suspeitas e conjeturas. E com isso já temos um bom material de trabalho como ponto de partida. Temos que nos apressar, pois não quero perder o concerto da Orquestra Hallé hoje à noite: Wilma Norman-Neruda[15] vai tocar.

Essa conversa transcorrera enquanto nosso carro avançava por uma longa sucessão de ruas encardidas e atalhos lúgubres. Na mais encardida e lúgubre delas nosso cocheiro de repente estacou.

— Aquela é a Audley Court — disse ele, apontando uma minúscula abertura na sucessão de paredes de tijolos sombrios. — Espero por vocês aqui.

Audley Court não era um local atraente. A passagem estreita levou-nos a um quadrilátero pavimentado com pedras e circundado por moradias sórdidas. Fomos abrindo caminho por entre grupos de crianças sujas e varais de lençóis desbotados até chegarmos ao número 46, cuja porta ostentava uma tabuleta de bronze com o nome *Rance.* Quando perguntamos por ele, informaram-nos que estava deitado e nos conduziram a uma salinha de visitas dizendo-nos para esperar um pouco.

Dali a pouco ele apareceu, irritado porque alguém perturbava sua sesta.

— Já fiz meu relatório na Central — disse.

Holmes tirou meio soberano[16] do bolso e ficou brincando com ele, pensativo.

— Achamos que seria muito bom ouvir a história toda de seus próprios lábios — disse.

15 **Wilma Norman-Neruda**: famosa violinista tcheca, casada com Charles Hallé, fundador da Orquestra Hallé. (N.T.)

16 **soberano**: antiga moeda de ouro da Grã-Bretanha com valor de uma libra esterlina. (N.T.)

— Mas será um prazer contar-lhes tudo o que os senhores quiserem — respondeu o guarda, acompanhando com os olhos o pequeno círculo dourado.

— Então conte do seu jeito o que aconteceu.

Rance sentou-se no sofá de crina e franziu o cenho como decidido a não omitir coisa alguma em sua narrativa.

— Vou contar desde o começo — disse. — Meu turno é das dez da noite às seis da manhã. Às onze houve uma briga no White Hart; fora isso, tudo estava em paz durante a ronda. À uma hora começou a chover, e encontrei Harry Murcher (o que faz a ronda da Holland Grove), e ficamos os dois na esquina da Henrietta Street, conversando. De repente, aí pelas duas ou um pouco depois, resolvi dar uma volta e ver se tudo estava tranquilo na Brixton Road. Estava tudo enlameado, ninguém pela rua. Dei a volta inteira sem encontrar um vivente. Só um ou dois carros de aluguel passaram por mim. Eu ia andando de volta, pensando, cá entre nós, como seria prático se pudesse tomar um bom trago de gim quente, quando percebi o brilho de uma luz na janela daquela casa. Ora, eu sabia que as duas casas da Lauriston Gardens estavam desocupadas porque o dono não quer mandar consertar o esgoto, e olhe que o último morador de uma delas morreu de febre tifoide... Fiquei muito intrigado, portanto, quando vi aquela luz na janela. Achei que talvez houvesse alguma coisa errada. Quando cheguei perto da porta...

— O senhor parou, deu a volta e foi andando de novo até o portão — completou meu companheiro. — Por que o senhor fez isso?

Rance pulou de susto e ficou olhando para Sherlock Holmes com o mais absoluto espanto no rosto.

— Ué, foi isso mesmo o que eu fiz, senhor — disse —, mas só Deus sabe como o senhor ficou sabendo. É que quando cheguei perto da porta estava tudo tão quieto, tão sem ninguém, que achei que talvez fosse melhor ter uma pessoa junto comigo. Não tenho medo de coisa nenhuma neste mundo, não é isso, mas achei que podia ser o homem que morreu de febre tifoide dando uma olhada nos esgotos que acabaram com a vida dele. Essa ideia me deixou meio abalado, por isso voltei até o portão para ver se conseguia avistar a lanterna de Murcher, só que não havia sinal dele nem de ninguém mais.

— Não havia ninguém na rua?

— Não havia viva alma, senhor, nem cachorro. Aí dei um jeito de me segurar, voltei para a casa e empurrei a porta, que estava aberta. Dentro estava tudo quieto, por isso entrei na sala onde havia a luz. Tinha uma vela piscando no alto da lareira, uma vela vermelha, de cera, e à luz dessa vela eu vi...

— É, eu sei o que o senhor viu. O senhor deu várias voltas na sala, ajoelhou-se junto ao corpo, depois foi até a porta da cozinha e verificou que ela estava trancada; depois...

John Rance pôs-se em pé de um salto, com expressão atemorizada e olhar desconfiado.

— Onde o senhor se escondeu para ver isso tudo? — exclamou. — Tenho a impressão de que o senhor sabe muito mais do que deveria saber.

Holmes riu e jogou seu cartão de visitas por cima da mesa, para o guarda.

— Não queira me prender por assassinato — disse. — Sou um dos perdigueiros, não o lobo; o sr. Gregson ou o sr. Lestrade podem informá-lo quanto a isso. Mas continue. O que o senhor fez em seguida?

Rance sentou-se outra vez, sem que a expressão intrigada abandonasse seu rosto.

— Fui de novo até o portão e apitei. Pouco depois Murcher e dois outros colegas chegavam ao local.

— Nesse momento a rua continuava vazia?

— Bom, estava. Pelo menos de gente direita.

— Como assim?

As feições do guarda abriram-se num sorriso.

— Já vi muitos bêbados na vida — disse —, mas nunca um elemento tão podre de bêbado quanto aquele. Quando saí ele estava no portão, encostado na cerca, cantando a plenos pulmões uma história de Colombina ou algo do tipo. Ele não conseguia nem ficar em pé, quanto mais ajudar em alguma coisa!

— Que tipo de homem era? — perguntou Sherlock Holmes.

John Rance pareceu ficar um tanto irritado com a digressão.

— Era um homem caindo de bêbado — disse. — E, se não tivéssemos muito que fazer, ele teria ido parar na delegacia.

— O rosto, a roupa... O senhor não observou? — interrompeu Holmes, impaciente.

— Imagine se eu não ia notar! Quem escorou o homem fui eu... eu e o Murcher. Era um sujeito comprido, de rosto vermelho, com a parte de baixo do rosto enrolada num cachecol...

— É isso — exclamou Holmes. — Onde está esse homem?

— A gente já tinha bastante o que fazer sem ter que tomar conta dele — disse o policial com voz ofendida. — Acho que ele deve ter achado direitinho o caminho de casa.

— Como estava vestido?

— Sobretudo marrom.

— Tinha um chicote na mão?

— Chicote? Não.

— Então ele deve ter deixado em algum lugar... — murmurou meu companheiro. — Por acaso o senhor teria visto ou ouvido um carro depois desse episódio?

— Não.

— Aqui está meio soberano para o senhor — disse meu companheiro, levantando-se e pegando o chapéu. — Olhe, guarda Rance, acho que o senhor nunca vai conseguir subir na polícia. Essa sua cabeça devia servir para pensar, não apenas para enfeite. Ontem à noite o senhor perdeu a oportunidade de conquistar suas divisas de sargento. O homem que teve nas mãos é o detentor da solução deste mistério, o homem que estamos procurando. Agora não adianta mais discutir o assunto; pode acreditar que tenho razão. Vamos indo, doutor.

Fomos andando em direção ao carro, deixando nosso informante incrédulo, mas evidentemente pouco à vontade.

— Que completo imbecil! — disse Holmes, decepcionado, enquanto éramos conduzidos de volta para casa. — Pensar que ele teve uma sorte incrível daquelas e não soube aproveitar!

— Continuo sem entender direito. É verdade que a descrição do tal homem confere com o que você imagina que seja a segunda pessoa deste mistério. Mas por que ele haveria de voltar à casa depois de ter ido embora? Os criminosos não costumam agir assim.

— O anel, homem, o anel! Foi pelo anel que ele voltou. Se não tivermos outra maneira de agarrá-lo, podemos sempre usar a isca do anel. Eu vou conseguir pegá-lo, doutor, aposto que vou conseguir pegá-lo. Preciso agradecer-lhe por tudo. Não fosse você, talvez eu não tivesse ido até lá, e teria perdido o melhor estudo com que já me defrontei: um estudo em vermelho, não é? Por que não usar um pouco o jargão artístico? O fio escarlate do assassinato confunde-se à meada incolor da vida; nosso dever é desemaranhá-lo, isolá-lo e expô-lo de uma ponta à outra. E agora vamos almoçar e depois ouvir Norman-Neruda. Ela é esplêndida no ataque e na técnica do arco. Qual é aquela coisa do Chopin que ela interpreta tão magnificamente? Tra-la-la-lira-lira-lei.

Reclinando-se no assento, aquele cão de caça amador cantarolava como uma cotovia enquanto eu meditava sobre as muitas facetas da mente humana.

V

NOSSO ANÚNCIO RENDE UMA VISITA

Nossas diligências da manhã haviam sido excessivas para minha saúde combalida, e à tarde senti-me fatigado. Depois que Holmes saiu para o concerto, recostei-me no sofá e tratei de dormir um par de horas. Vã esperança. Meu cérebro, muito excitado com tudo o que acontecera, estava tomado pelas mais estranhas fantasias e conjeturas. A cada vez que eu fechava os olhos via diante de mim o rosto distorcido, de babuíno, do homem assassinado. Aquelas feições me haviam deixado uma impressão tão sinistra que eu achava difícil sentir qualquer outra coisa além de gratidão para com aquele que tomara a iniciativa de remover do mundo seu proprietário. Se alguma vez uma fisionomia humana deixou transparecer os piores tipos de vício, sem dúvida essa fisionomia era a de Enoch J. Drebber, de Cleveland. Ao mesmo tempo, porém, eu reconhecia que era preciso fazer justiça e que aos olhos da lei a depravação da vítima não deveria ser julgada.

Quanto mais eu pensava nela, mais extraordinária me parecia a hipótese de meu companheiro, de que o homem fora envenenado. Lembrei-me de como ele cheirara seus lábios e adquiri a certeza de que havia identificado alguma coisa que lhe inspirara a ideia. Além disso, que outra coisa senão veneno poderia ter provocado a morte do homem, visto que não havia ferimento nem marcas de estrangulação? Mas, por outro lado, de quem era o sangue espalhado com tanta abundância pelo chão? Não havia sinais de luta, e a vítima não tinha arma com que ferir o antagonista. Enquanto essas questões permanecessem sem resposta, pensei, dormir não ia ser fácil nem para Holmes nem para mim. Quanto a Holmes, seu jeito tranquilo e confiante convencera-me de que já havia formulado uma teoria para explicar todos os fatos, embora eu próprio fosse incapaz de imaginar que teoria fosse essa.

Holmes demorou muito a voltar para casa — demorou tanto que seria impossível atribuir ao concerto a causa da demora. Quando ele chegou, o jantar já estava servido.

— Foi magnífico — disse ele, sentando-se. — Você está lembrado do que Darwin disse sobre a música? Segundo ele, a capacidade de produzir e apreciar música já existia na raça humana muito antes que esta desenvolvesse a capacidade da fala. Talvez por isso a música exerça sobre nós uma influência tão sutil. Em nossas almas persiste a lembrança vaga dos séculos nebulosos da infância do mundo.

— Essa é uma ideia muito ampla — observei.

— Devemos ter ideias tão amplas quanto a Natureza, caso pretendamos interpretar a Natureza — respondeu ele. — Algum problema? Você parece não estar se sentindo bem. Essa história da Brixton Road parece tê-lo abalado.

— Abalou, para falar a verdade — respondi. — Eu devia estar mais calejado, depois de minhas experiências no Afeganistão. Em Maiwand vi meus companheiros serem trucidados sem perder meu sangue-frio.

— Posso entender. O caso está impregnado de um mistério que estimula a imaginação; onde não há imaginação, não há horror. Você leu os vespertinos?

— Não.

— Fazem um relato bastante bom do caso. Mas não mencionam que quando o homem foi erguido uma aliança de mulher rolou pelo chão. E é até melhor não terem mencionado.

— Por quê?

— Dê uma olhada neste anúncio — respondeu ele. — Mandei publicar em todos os jornais logo depois do caso desta manhã.

Dizendo isso, Holmes me passou o jornal e dei uma olhada no lugar que ele apontava. Era o primeiro anúncio dos "Achados".

Na Brixton Road, esta manhã, na passagem entre a taverna White Hart e a Holland Grove, encontrou-se uma aliança de ouro puro. Falar esta noite com o dr. Watson, Baker Street, 221B, entre oito e nove horas.

— Desculpe-me tomar seu nome emprestado — disse ele. — Se eu usasse o meu próprio, talvez um desses patetas o reconhecesse e inventasse de se intrometer no assunto.

— Não há problema — respondi. — Mas, visto que não tenho anel nenhum, como vou fazer se alguém se apresentar?

— Você tem, sim — disse ele, estendendo-me um anel. — Este aqui serve. É quase idêntico.

— E quem você imagina que vá responder ao anúncio?

— Ora, o homem do casaco marrom, nosso amigo vermelho das botas de bico quadrado. Talvez não venha pessoalmente, talvez mande um cúmplice.

— Mas ele não ia achar muito perigoso?

— Nem um pouco. Caso eu esteja correto, e tenho tudo para pensar que estou, esse homem prefere arriscar qualquer coisa a ficar sem o anel. Em minha opinião, ele deixou cair o anel quando se inclinou sobre o corpo de Drebber, e na hora não se deu conta. Depois de se afastar da casa constatou a perda e voltou correndo, mas viu que a polícia já estava lá, e isso porque cometera a imprudência de deixar a vela acesa. Aí foi obrigado a fingir-se de bêbado para acalmar as suspeitas que seu aparecimento no portão podia provocar. Agora, ponha-se no lugar daquele homem. Rememorando as coisas, deve ter-lhe ocorrido que uma outra possibilidade seria que tivesse perdido a aliança na rua, depois de sair da casa. Nesse caso, o que faria ele? Correria para os jornais, na esperança de que alguém tivesse encontrado a aliança e posto um anúncio. Claro, ao localizar o anúncio seus olhos se iluminaram, ele ficou louco de alegria. Por que temer uma armadilha? Para ele, não haveria razão para alguém associar a descoberta do anel ao assassinato. Ele viria. Virá. Dentro de uma hora você vai tê-lo diante de si.

— E depois? — perguntei.

— Ora, deixe por minha conta. Você tem uma arma?

— Tenho meu antigo revólver do serviço militar e algumas balas.

— É melhor limpá-lo e carregá-lo. O homem que vamos encontrar é um homem desesperado; pretendo pegá-lo de surpresa, mas convém estar preparado para tudo.

Fui até meu quarto e segui seus conselhos. Quando voltei com o revólver, o jantar já fora tirado da mesa e Holmes estava entregue a sua ocupação predileta — arranhar as cordas do violino.

— A coisa está esquentando — disse, ao ver-me entrar. — Acabo de receber a resposta do telegrama que mandei para os Estados Unidos.

— E?... — perguntei, ansioso.

— Meu violino está precisando de cordas novas — observou. — Ponha o revólver no bolso. Quando o sujeito chegar, fale com ele num tom normal e deixe o resto comigo. Não o assuste com um olhar insistente.

— Agora são oito horas — disse eu, olhando o relógio.

— É. Provavelmente dentro de alguns minutos ele estará aqui. Deixe a porta entreaberta. Isso. Agora passe a chave para o lado de dentro. Obrigado! Olhe só que livro antigo e curioso encontrei ontem numa banca! *De jure inter gentes* — publicado em latim em Liège, Países Baixos, em 1642. O rei Carlos[17] ainda estava com a cabeça firme em cima dos ombros quando imprimiram este livrinho de lombada marrom.

— Quem é o tipógrafo?

— Um tal Philippe de Croy; nunca ouvi falar. Na folha de rosto, numa tinta muito apagada, está escrito *Ex libris Gulielmi Whyte*[18]. Quem seria esse William Whyte? Algum advogado pragmático do século XVII, imagino. Sua letra tem um quê de jurídico. Aí vem nosso homem, parece-me.

Assim que ele acabou de falar ouviu-se o toque estridente da campainha. Sherlock Holmes levantou-se sem ruído e virou a cadeira para a porta. Ouvimos a criada atravessar o vestíbulo e o estalido seco da tranca sendo aberta.

17 **rei Carlos**: trata-se de Charles I (1600-1649), rei da Grã-Bretanha e da Irlanda entre 1625 e 1649. Seu governo autoritário provocou uma guerra civil que resultou na sua execução. (N.E.)

18 ***Ex libris Gulielmi Whyte***: "pertencente a William Whyte", em latim. (N.E.)

— O dr. Watson mora aqui? — perguntou uma voz nítida, mas um tanto rouca. Não conseguimos ouvir a resposta da criada, mas a porta fechou-se novamente e alguém começou a subir as escadas. Era um passo inseguro e arrastado. Ao ouvi-lo, meu companheiro exibiu no rosto um olhar de surpresa. O passo veio devagar pelo corredor, depois escutamos alguém bater de leve à porta.

— Entre — gritei.

Diante dessa intimação, em lugar do homem violento que esperávamos vimos entrar hesitante no apartamento uma mulher muito velha e enrugada. Ela parecia estar ofuscada pelo súbito clarão de luz; depois de fazer uma reverência, ficou parada diante de nós, piscando com seus olhos embaçados e procurando alguma coisa no bolso com dedos nervosos, trêmulos. Olhei para meu companheiro e vi seu rosto ser tomado por uma expressão de tamanho desconsolo que tive de fazer um esforço tremendo para não rir.

A velha puxou um jornal vespertino e apontou para nosso anúncio.

— Por isso que estou aqui, bons cavalheiros — disse ela, fazendo outra reverência. — Uma aliança de ouro na Brixton Road. É da minha Sally. Não faz nem um ano que ela casou, o marido está embarcado num navio da Union, imagine se ele volta e vê a Sally sem a aliança, não quero nem pensar, ele às vezes é bem grosso, mas muito especialmente quando está de pileque. Imaginem que ontem à noite ela foi ao circo com...

— É esta a aliança de sua filha? — perguntei.

— Deus seja louvado! — gritou a velha. — Esta noite a Sally vai ser uma mulher feliz. É essa mesma.

— E seu endereço, qual é? — perguntei, pegando um lápis.

— Duncan Street, 13, Houndsditch. De lá até aqui é uma viagem.

— Para ir a algum circo saindo de Houndsditch não se passa pela Brixton Road — observou Sherlock Holmes, ríspido.

A velha virou o rosto e olhou atentamente para ele com seus olhinhos de bordas vermelhas.

— Este senhor me perguntou meu endereço — disse ela. — A Sally mora na Mayfield Place, 3, Peckham.

— E qual é o seu sobrenome?

— Sawyer. O dela é Dennis, porque o Tom Dennis se casou com ela... Um rapaz esperto, decente... Isso quando está embarcado. Na companhia botam ele nas nuvens. Só que quando ele está em terra, com essas histórias de mulheres, mais a bebida...

— Aqui está sua aliança, sra. Sawyer — interrompi, obedecendo a um sinal de meu companheiro. — Não há dúvida de que pertence a sua filha. Fico feliz por devolvê-la à legítima proprietária.

Engrolando bênçãos e protestos de gratidão, a velha enfiou a aliança no bolso e deslizou escada abaixo. Nem bem ela desapareceu, Sherlock Holmes deu um pulo e correu para seu quarto. Voltou alguns segundos depois envergando um casacão e gravata.

— Vou segui-la — disse afobado. — Ela deve ser cúmplice, vai me levar até ele. Não vá dormir, me espere.

A porta da frente acabara de bater atrás de nossa visitante e Holmes já chegava ao pé da escada. Olhei pela janela e vi a velha se arrastando do outro lado da rua, acompanhada de perto por seu perseguidor.

— Ou bem toda essa teoria está errada — pensei comigo —, ou agora ele chega ao âmago do mistério.

Nem precisava ele ter mandado esperar, pois senti que não teria conseguido dormir sem saber o resultado da aventura.

Quando ele saiu já eram quase nove horas. Eu não tinha como saber quanto tempo ia demorar para ele voltar, mas fiquei sentado imperturbável, cachimbando e folheando distraído a *Vie de Bohème*, de Henri Murger. Passava das dez horas quando ouvi os passos da criada retirando-se para o leito. Às onze, as pisadas mais majestosas da senhoria passaram por minha porta visando ao mesmo destino. Já ia dar meia-noite quando ouvi na porta o barulho seco da chave de Holmes. Assim que ele entrou, vi pela expressão de seu rosto que não tinha dado certo. O senso de humor e a decepção pareciam estar disputando a primazia sobre seus sentimentos até que subitamente o primeiro se impôs, e meu companheiro rompeu numa risada solta.

— Espero que a turma da Scotland Yard não fique sabendo de modo algum — exclamou, atirando-se na cadeira. — Já fiz tanta troça deles que esta eles não me perdoariam. Posso permitir-me achar graça porque sei que no fim vai dar tudo certo.

— Qual foi o problema? — perguntei.

— Ah, não me incomodo de contar uma história que depõe contra mim. Aquela criatura tinha andado um pouco quando de repente começou a mancar e demonstrar de todas as maneiras possíveis que estava com os pés doloridos. Em seguida estacou e fez sinal para um carro de aluguel que ia passando. Dei um jeito de me aproximar o suficiente para ouvir o endereço, mas nem precisava ter ficado preocupado porque ela falou tão alto que dava para ouvir do outro lado da rua. "Vamos para a Duncan Street, 13, Houndsditch", gritou ela. "Isso está começando a parecer autêntico", pensei, e depois de constatar que ela havia mesmo embarcado me pendurei na parte traseira do carro. Todo detetive deveria ser especialista nessa arte. Bom, lá fomos nós sacolejando e só paramos ao chegar na tal rua. Pulei fora antes de chegarmos à porta e fui andando despreocupado, como um passante qualquer. Vi o carro parar. O cocheiro pulou para o chão, abriu a porta e ficou esperando. Nada. Ninguém saiu. Chegando à altura do carro, vi que ele estava apalpando os assentos freneticamente enquanto pronunciava uma das mais belas coleções de insultos que já tive oportunidade de ouvir. Da passageira, nem sinal; tenho a impressão de que ele vai ter que esperar um pouco para conseguir cobrar o preço da corrida. Batemos no número 13 para perguntar e fomos informados de que a casa pertencia a um respeitável tapeceiro chamado Keswick e que lá nunca ninguém jamais ouvira falar de quem quer que fosse com os sobrenomes Sawyer ou Dennis.

— Você não está querendo me dizer que aquela velha frágil, trôpega, conseguiu pular do carro em movimento sem que você ou o cocheiro notassem... — exclamei, sem saber se acreditava.

— Que velha coisa nenhuma! — disse Sherlock Holmes, ríspido. — As velhas a serem enganadas éramos nós. Devia ser um rapaz, e um rapaz ágil, além de excelente ator. A caracterização foi inigualável. Sem dúvida ele viu que estava sendo seguido e recorreu a seus talentos para me passar a perna. Isso mostra que o homem que estamos querendo pegar não está tão sozinho quanto pensei que estivesse, que tem amigos dispostos a arriscar-se por ele. Mas, doutor, que abatimento é esse? Se quer um palpite, vá para a cama.

Eu estava mesmo me sentindo muito fraco, por isso acatei a sugestão. Deixei Holmes sentado na frente de uma lareira quase apagada e até bem tarde, noite afora, ouvi os gemidos abafados e melancólicos de seu violino, o que significava que ele continuava meditando sobre o estranho problema, determinado a esclarecê-lo.

VI

TOBIAS GREGSON MOSTRA O QUE É CAPAZ DE FAZER

No dia seguinte os jornais só falavam no "Mistério de Brixton", como batizaram o caso. Todos apresentavam longos relatos do acontecido, e alguns teciam comentários sobre os fatos. Algumas das informações eram novidade para mim. Até hoje guardo na agenda diversos recortes e citações a respeito. Eis um resumo de alguns deles:

O *Daily Telegraph* ressaltava que raramente na história do crime ocorrera tragédia com características tão estranhas. O nome alemão da vítima, a ausência de todo e qualquer motivo e a sinistra inscrição na parede, tudo apontava para a possibilidade de que tivesse sido perpetrado por refugiados políticos e partidários da revolução. Os socialistas têm muitas ramificações na América, e sem dúvida o falecido, depois de infringir suas leis não escritas, fora seguido por eles. Depois de mencionar por alto o Vehmgericht, a água-tofana, os carbonários, a marquesa de Brinvilliers, o darwinismo, os princípios de Malthus e os assassinatos da Ratcliff Highway, o artigo concluía com uma crítica ao governo, advogando uma vigilância mais rigorosa sobre os estrangeiros que vivem na Inglaterra.[19]

O *Standard* comentava o fato de que esse tipo de afronta desregrada costuma ocorrer durante os governos liberais, provavelmente em decorrência da inquietação do espírito das massas e do consequente enfraquecimento de toda e qualquer autoridade. O falecido era um cavalheiro americano que residia na metrópole havia poucas semanas. Estava hospedado na pensão da sra. Charpentier, em Torquay Terrace, Camberwell. Em suas viagens era acompanhado pelo secretário particular, sr. Joseph Stangerson. Os dois haviam se despedido da proprietária da pensão na terça-feira, dia 4, partindo para a Euston Station com a intenção declarada de tomar o expresso para Liverpool. Posteriormente os dois haviam sido vistos juntos na plataforma de embarque. Nada mais se soubera deles até a descoberta do corpo do sr. Drebber, como noticiado, numa casa desocupada da Brixton Road, a muitos quilômetros da estação ferroviária. Como havia ido parar lá e o que o vitimara — estas eram questões que permaneciam envoltas em mistério. "Ignora-se o paradeiro de Stangerson. É uma alegria saber que o sr. Lestrade e o sr. Gregson, da Scotland Yard, estão se ocupando do caso; esperamos, confiantes, que em pouco tempo esses reputados agentes policiais tenham esclarecido o assunto."

O *Daily News* observava que sem sombra de dúvida aquele era um crime político. Um dos efeitos do despotismo e do ódio ao liberalismo que animavam os governos do continente era ter empurrado para nosso litoral muitos homens que poderiam ter sido excelentes cidadãos não fosse o fato de estarem amargurados pela lembrança de tudo o que haviam sofrido. Esses homens adotavam um código de honra rigorosíssimo; qualquer infração a esse código era punida com a morte. Todos os esforços deveriam ser empregados para localizar o secretário, Stangerson, e esclarecer

19 **Vehmgericht**: tribunal secreto da Alemanha, na Idade Média, também conhecido como Liga da Corte Sagrada. Além de criminosos, perseguia hereges e judeus. Um de seus símbolos era a suástica, posteriormente adotada pelos nazistas; **água-tofana**: veneno feito a partir de uma solução de arsênico, célebre na Itália nos séculos XV e XVI; **carbonários**: membros da Carbonária, sociedade secreta revolucionária que atuou em Portugal, Espanha, Itália e França nos séculos XIX e XX; **marquesa de Brinvilliers**: Marie-Madeleine Marguerite d'Aubray (1630-1676), francesa tida como a primeira mulher a cometer envenenamentos em série; **darwinismo**: teoria da evolução das espécies, desenvolvida pelo naturalista britânico Charles Darwin (1809-1882); **Malthus**: Thomas Malthus (1766-1834), economista britânico que defendeu ferrenhamente o controle do aumento populacional; **assassinatos da Ratcliff Highway**: múltiplos assassinatos ocorridos em duas famílias nas proximidades de Londres, em 1811; causaram grande comoção na época e nunca foram esclarecidos. (N.E.)

certos detalhes relativos aos hábitos do falecido. Um grande passo fora dado com a descoberta do endereço da casa onde o falecido estivera hospedado — sucesso que deveria ser integralmente atribuído à perspicácia e à energia do sr. Gregson, da Scotland Yard.

Sherlock Holmes e eu lemos essas notícias juntos, no café da manhã; aparentemente elas proporcionaram a meu amigo uma dose considerável de divertimento.

— Eu não lhe disse que, acontecesse o que acontecesse, Lestrade e Gregson iam colher os louros?

— Resta ver em que vai dar.

— Ah, imagine, não faz a menor diferença. Se o homem for apanhado, será *graças* aos esforços dos dois. Se escapar, será *apesar* de seus esforços. Aposto. Eles podem fazer o que quiserem que o fã-clube está garantido. *Un sot trouve toujours un plus sot qui l'admire*[20].

— Que diabo é isso? — exclamei, pois naquele momento ouviu-se o tropel de muitos passos no vestíbulo e nas escadas, acompanhado por expressões audíveis de enfado por parte de nossa senhoria.

— É a divisão Baker Street de nossa força de investigadores — disse meu companheiro compenetrado; enquanto ele falava, o aposento foi invadido por meia dúzia dos mais sujos e esfarrapados moleques de rua em que já pus os olhos.

— A-ten-ção! — gritou Holmes em tom de comando. Os seis garotos sujos se perfilaram formando uma ala de estátuas duvidosas. — De hoje em diante os relatórios deverão ser feitos só pelo Wiggins. Os outros ficam esperando lá fora. Encontraram, Wiggins?

— Não, senhor, não encontramos — disse um dos jovens.

— Muito me espantaria que tivessem encontrado. Não desistam. Aqui estão os salários de vocês. — Holmes estendeu um xelim a cada um dos garotos. — Agora podem ir e da próxima vez apareçam com um relatório mais interessante.

Fez um aceno e o grupo disparou escada abaixo como um bando de ratos; no instante seguinte ouvíamos suas vozes agudas na calçada.

20 ***Un sot trouve toujours un plus sot qui l'admire***: do francês, "Um tolo sempre acha outro mais tolo que o admire". (N.T.)

— É possível conseguir mais coisas com esses pequenos mendigos que com uma dúzia de policiais — observou. — É só aparecer uma pessoa com jeito de policial que as bocas das pessoas se trancam. Esses rapazes, porém, andam por toda a parte e ouvem de tudo. Além disso, são afiados como navalhas; basta organizá-los.

— É nesse caso da Brixton Road que você os está utilizando? — perguntei.

— É. Há uma coisa que quero verificar. É só uma questão de tempo. Opa! Prepare-se para ouvir novidades! Lá vem o Gregson descendo a rua com o rosto banhado em beatitude. Vem para cá, com certeza. É, está parando. Aí vem ele!

Ouviu-se um trinado violento da campainha, e poucos segundos depois o louro detetive galgava a escada de três em três degraus e irrompia em nossa sala de estar.

— Querido amigo — exclamou, sacudindo a mão complacente de Holmes —, pode me dar os parabéns! Graças a mim, a história toda está perfeitamente esclarecida.

A sombra de uma inquietação cruzou o rosto expressivo de meu companheiro.

— O senhor quer dizer que está na trilha certa? — perguntou.

— Ora só, trilha certa! Imagine! Estamos com o homem atrás das grades!

— Como é o nome dele?

— Arthur Charpentier, subtenente da Marinha de Sua Majestade — apregoou Gregson pomposamente, esfregando as mãos gordas e estufando o peito.

Sherlock Holmes deu um suspiro de alívio e relaxou num sorriso.

— Sente-se, prove um destes charutos — disse. — Estamos ansiosos para saber como o senhor conseguiu. Aceita um pouco de uísque com água?

— Vou aceitar — disse o detetive. — O esforço considerável que fui obrigado a fazer nestes últimos dias me deixou esgotado. Não tanto esforço físico, entendem, mas esforço mental. O senhor há de entender, sr. Sherlock Holmes, pois nós dois somos homens que trabalham com o cérebro.

— O senhor está sendo muito bondoso — disse Holmes, sério. — Mas conte-nos como atingiu esse resultado altamente gratificante!

O detetive sentou-se na poltrona e ficou soprando seu cachimbo com complacência. De repente deu um tapa na coxa, no auge da satisfação.

— O que mais me diverte — exclamou — é aquela besta do Lestrade, que se acha tão inteligente, ter tomado um rumo completamente equivocado. Ele está atrás do secretário Stangerson, que nada tem a ver com o crime. Com certeza a essas alturas ele já pôs as mãos no homem.

A ideia fazia tantas cócegas em Gregson que este riu até engasgar.

— E como o senhor descobriu?

— Ah, já lhe conto. Claro, dr. Watson, tudo isso fica estritamente entre nós. A primeira dificuldade que tive de enfrentar foi a descoberta dos antecedentes desse tal americano. Certas pessoas teriam esperado até seus anúncios serem respondidos ou até aparecer alguém espontaneamente para dar informações. Mas não é assim que Tobias Gregson trabalha. Os senhores estão lembrados da cartola ao lado do morto?

— Estou — disse Holmes —, da chapelaria John Underwood e Filhos, Camberwell Road, 129.

Gregson ficou de crista caída.

— Nunca imaginei que o senhor tivesse reparado — disse. — O senhor foi até lá?

— Não.

— Ah! — exclamou Gregson em tom aliviado. — Nunca faça pouco de uma oportunidade, por menor que possa parecer.

— Para uma grande cabeça, nada é pequeno — observou Holmes sentenciosamente.

— Bom, fui até lá, falei com Underwood e perguntei a ele se tinha vendido um chapéu assim e assim. Ele deu uma olhada nos registros e num instante encontrou. Tinha enviado o chapéu a um sr. Drebber, residente na Pensão Charpentier, Torquay Terrace. Foi assim que consegui o endereço.

— Hábil, muito hábil! — murmurou Sherlock Holmes.

— Em seguida fiz uma visita a madame Charpentier — continuou o detetive. — Encontrei-a muito pálida e aborrecida. A filha também estava na sala, uma garota extremamente simpática, aliás. Estava com os olhos vermelhos, e seus lábios tremiam quando falei com ela. Aquilo não me escapou. Comecei a achar que ali havia alguma coisa. O senhor sabe como é, sr. Sherlock Holmes, aquela sensação que se tem quando se encontra a pista certa. Uma espécie de excitação nervosa. "A senhora já ouviu falar da misteriosa morte de seu locatário, sr. Enoch J. Drebber, de Cleveland?", perguntei.

A mãe fez que sim. Parecia não estar em condições de dizer uma só palavra. A filha caiu no choro. Senti ainda mais claramente que aquelas pessoas sabiam alguma coisa sobre o caso.

"A que horas o sr. Drebber saiu daqui para ir tomar o trem?", perguntei. "Às oito", disse ela, procurando conter a agitação. "O secretário dele, sr. Stangerson, disse que havia dois trens — um às nove e quinze e outro às onze." "E depois disso a senhora não o viu mais?" A fisionomia da mulher passou por uma mudança terrível quando lhe fiz essa pergunta. Suas feições ficaram perfeitamente lívidas. Passaram-se alguns segundos até ela conseguir emitir uma única palavra: "É", disse numa voz rouca, pouco natural. Durante algum tempo ninguém disse nada, depois a filha falou numa voz clara, tranquila. "Mãe, a falsidade jamais trouxe bem algum a ninguém", disse ela. "Vamos ser francas com esse cavalheiro. Na realidade *nós vimos* o sr. Drebber de novo." "Que Deus a perdoe!", exclamou madame Charpentier, pondo as mãos para cima e recostando-se na cadeira. "Você acaba de assassinar seu irmão." "Arthur haveria de preferir que falássemos a verdade", disse a garota com decisão. "Agora é melhor vocês me contarem tudo", disse eu. "Meia confidência é pior que nenhuma. Além disso, vocês ignoram quanta coisa já sabemos sobre a questão." "A responsabilidade é sua, Alice!", exclamou a mãe; depois, virando-se para mim, continuou: "Vou-lhe contar tudo, senhor. Não fique pensando que minha preocupação no que diz respeito a meu filho seja resultado de alguma dúvida de que ele possa ter algo a ver com essa história terrível. Ele é completamente inocente. Meu medo é, porém, que a seus olhos e aos olhos dos outros ele possa dar a impressão de estar envolvido. Mas essa hipótese é totalmente impossível. Sua formação moral, sua profissão, seus antecedentes — seria impossível". "O melhor é contar tudo", respondi. "Podem ter certeza. Caso seu filho seja inocente, ele não será prejudicado." "Alice, talvez seja melhor você nos deixar a sós um pouco", disse ela, e a filha se retirou. "Agora, cavalheiro", prosseguiu, "saiba que eu não tinha a menor intenção de lhe contar tudo isso, mas, já que minha pobre filha revelou os fatos, não tenho alternativa. E, como decidi falar, vou contar-lhe tudo sem omitir detalhe algum". "É a atitude mais sábia", disse-lhe eu. "O sr. Drebber passou quase três semanas hospedado conosco. Ele e seu secretário, o sr. Stangerson, vinham de uma viagem pelo continente. Notei que em cada uma das valises deles havia uma etiqueta com a inscrição 'Copenhague', mostrando que essa fora sua última parada. Stangerson era um homem quieto, reservado, mas o patrão, sinto dizê-lo, era bem diferente. Tinha hábitos rudes e modos brutais. Na mesma noite em que os dois chegaram, ele se excedeu na bebida; com efeito, já a partir do meio-dia não se pode dizer que estivesse sóbrio. Suas atitudes para com as criadas tornaram-se desagradavelmente livres e íntimas. O que é pior, ele em seguida passou a adotar a mesma atitude em relação a minha filha Alice, dirigindo-se a ela mais de uma vez de uma forma que, felizmente, ela é inocente demais para entender. Em certo momento ele chegou a tomá-la nos braços e abraçá-la, ofensa que levou seu próprio secretário a criticá-lo por sua conduta pouco digna." "Mas por que a senhora tolerou tudo isso?", perguntei. "Imagino que a senhora saiba como ver-se livre dos inquilinos indesejáveis." Ouvindo minha pergunta tão pertinente, a sra. Charpentier ficou vermelha. "Ah, quisera Deus que eu o tivesse mandado embora no mesmo dia em que ele chegou", disse. "Mas cedi à tentação. Eles estavam pagando uma libra por dia cada um, catorze libras por semana, e estamos na estação fraca. Sou viúva, sai caro manter meu rapaz na Marinha. Eu não quis perder o dinheiro. Minha intenção foi boa. Mas aquilo foi demais, mandei-o embora. Essa foi a razão de sua partida." "E depois?" "Minha alma ficou leve quando vi o carro que o levava afastando-se da casa. No momento, meu filho está de licença, e eu não lhe havia contado nada dessas coisas porque ele tem um temperamento violento e adora a irmã. Quando fechei a porta atrás deles, senti um peso levantar-se de meu coração. Mas nem uma hora se passou e tocaram a campainha; vieram dizer-me que o sr. Drebber tinha voltado. Estava muito agitado e havia bebido, o que piorava as coisas, evidentemente. Entrou à força na sala onde eu estava sentada com minha filha e fez uma observação incoerente sobre o fato de ter perdido o trem. Depois se voltou para Alice e, ali na minha frente, perguntou-lhe se queria fugir com ele. 'Você já é maior de idade', disse, 'lei alguma pode impedi-la de vir. Tenho dinheiro de sobra. Não se preocupe com a nossa amiga aqui, venha comigo agora mesmo. Você vai levar uma vida de princesa'. A pobre Alice ficou tão assustada que fez um gesto brusco para se soltar dele, mas ele a agarrou pelo pulso e tentou arrastá-la para a porta. Eu dei um grito, e naquele exato momento meu filho Arthur entrou na sala. O que aconteceu nesse momento eu não sei. Ouvi insultos e o ruído confuso de uma luta. Eu estava aterrorizada demais para levantar a cabeça. Quando levantei os olhos vi Arthur de pé na porta, rindo com um porrete na mão. 'Acho que esse educado cavalheiro não volta mais aqui', disse. 'Vou atrás dele só para conferir e ver o que ele vai inventar.' Com essas palavras, pegou o chapéu e saiu. Na manhã seguinte ficamos sabendo da morte misteriosa do sr. Drebber." Essa declaração saiu dos lábios da sra. Charpentier entrecortada por muitos suspiros e silêncios. De vez em quando ela falava tão baixo que eu mal conseguia perceber as palavras. Para que não houvesse possibilidade de equívoco, porém, fiz anotações taquigráficas de tudo o que ela disse.

— Muito interessante — disse Sherlock Holmes, com um bocejo. — E depois, o que aconteceu?

— Quando a sra. Charpentier fez uma pausa — continuou o detetive —, vi que o caso inteiro dependia de uma coisa. Encarando-a de um modo que sempre se mostrou eficaz com as mulheres, perguntei-lhe a que horas o filho havia voltado. "Não sei", respondeu. "Não sabe?" "Não. Ele tem a chave, não é preciso abrir a porta para ele." "Depois que a senhora foi para a cama?" "É." "E a que horas a senhora foi para a cama?" "Aí pelas onze." "Quer dizer que seu filho ficou pelo menos duas horas fora de casa?" "É." "Provavelmente quatro ou cinco?" "É." "O que ele andou fazendo esse tempo todo?" "Não sei", respondeu ela, empalidecendo tanto que até seus lábios ficaram brancos. Claro que depois disso só havia uma coisa a fazer. Descobri onde estava o tenente Charpentier, levei comigo dois policiais e dei-lhe voz de prisão. Quando pus a mão no seu ombro e lhe disse que nos acompanhasse sem resistir, ele nos respondeu, com ousadia e firmeza: "Suponho que estou sendo preso por envolvimento na morte daquele cafajeste do Drebber". Não lhe havíamos dito coisa alguma sobre a questão, de modo que sua alusão assumia um caráter altamente suspeito.

— Muito suspeito — disse Holmes.

— Ele ainda estava com o porrete que, segundo a mãe, levara consigo ao seguir Drebber. Era um sólido bastão de carvalho.

— E, diante disso, qual sua hipótese?

— Bom, acho que ele seguiu Drebber até a Brixton Road. Lá chegados, os dois voltaram a discutir, e durante a discussão Drebber recebeu um golpe de bastão, talvez na boca do estômago, que o matou sem deixar marcas. A noite estava tão úmida que não havia ninguém por perto, de modo que Charpentier arrastou o corpo de sua vítima para dentro da casa vazia. No que diz respeito à vela, ao sangue, à inscrição na parede e ao anel, talvez tudo não passe de estratagema para induzir a polícia a seguir a pista errada.

— Muito bem! — disse Holmes num tom estimulante. — Com efeito, Gregson, o senhor está crescendo. O senhor ainda vai ser alguém!

— Me orgulho de ter tratado do assunto direitinho — respondeu o detetive, contente de si. — O jovem prontificou-se a fazer uma declaração segundo a qual, depois de seguir Drebber durante algum tempo, este se dera conta de sua presença e tomara um carro com o objetivo de evitá-lo. Ao voltar para casa, Charpentier teria encontrado um antigo colega, de navio, e os dois teriam dado uma longa caminhada. Quando lhe perguntamos onde mora esse antigo colega, ele não soube dar uma resposta satisfatória. Acho que o caso todo se ajusta às mil maravilhas. O que mais me diverte é pensar em Lestrade, que deu a partida na direção errada. Estou com a impressão de que ele não vai achar grande coisa. Mas vejam só! Aí está ele em pessoa!

Era Lestrade, efetivamente, que subira as escadas enquanto conversávamos e que agora entrava no aposento. O estilo seguro e jovial que costumava assinalar suas atitudes e vestimentas, no entanto, estava ausente. Mostrava uma fisionomia perturbada, ansiosa, e sua roupa estava suja e amarrotada. Era evidente que viera com a intenção de consultar Sherlock Holmes, pois ao dar-se conta da presença do colega pareceu ficar embaraçado e sem graça. Ficou parado no centro do aposento girando o chapéu nas mãos, tenso, sem saber muito bem o que fazer.

— Que caso mais extraordinário — disse por fim —, que história mais incompreensível.

— É essa a sua opinião, sr. Lestrade? — exclamou Gregson, triunfante. — Eu estava achando que o senhor ia chegar a essa conclusão. O senhor já conseguiu localizar o secretário, o sr. Joseph Stangerson?

— O secretário, sr. Joseph Stangerson, foi assassinado no Hotel Halliday aproximadamente às seis horas da manhã de hoje — disse Lestrade gravemente.

VII

LUZ NAS TREVAS

A informação com que nos brindava Lestrade foi tão momentosa e inesperada que ficamos os três literalmente sem fala. Gregson deu um pulo da cadeira e derrubou de seu copo o que restava de uísque. Olhei em silêncio para Sherlock Holmes e vi seus lábios comprimidos, seu cenho franzido sobre os olhos.

— Stangerson também! — murmurou. — A história está esquentando.

— E olhe que já estava quente... — queixou-se Lestrade, puxando uma cadeira. — Parece que vim interromper algum conselho de guerra...

— O senhor... O senhor tem certeza do que está dizendo? — gaguejou Gregson.

— Acabei de vir de lá — disse Lestrade. — Fui o primeiro a descobrir o que havia acontecido.

— Já ouvimos a opinião de Gregson sobre o caso — observou Holmes. — O senhor se importaria de nos dizer o que viu e fez?

— Não me oponho — respondeu Lestrade, sentando-se. — Eu era da opinião de que Stangerson estava envolvido na morte de Drebber. Esse novo episódio vem demonstrar que eu estava redondamente enganado. Convencido de minha hipótese, dediquei-me a descobrir que fim levara o secretário. Os dois haviam estado juntos na Euston Station mais ou menos às oito e meia da noite do dia 3. Às duas da manhã, Drebber foi encontrado na Brixton Road. A questão que me intrigava era descobrir o que Stangerson fizera entre as oito e meia e a hora do crime e que fim levara depois. Telegrafei para Liverpool fazendo uma descrição do homem e instruindo o pessoal a ficar de olho nos navios americanos. Em seguida comecei a telefonar para todos os hotéis e pensões das vizinhanças da Euston. Vocês veem, eu partia do princípio de que, se Drebber e seu companheiro se haviam separado, o mais natural para este último seria passar a noite em algum lugar nas proximidades, depois voltar para a estação pela manhã.

— O mais provável é que os dois tivessem combinado algum lugar para se encontrar — observou Holmes.

— Isso mesmo. Ontem passei a noite inteira procurando, sem resultado. Esta manhã comecei cedinho e lá pelas oito cheguei ao Hotel Halliday, na Little George Street. Quando perguntei se havia um certo sr. Stangerson hospedado lá, imediatamente recebi uma resposta afirmativa. "Sem dúvida o senhor é o cavalheiro que ele estava esperando", disseram-me. "Há dois dias ele espera a chegada de um cavalheiro." "Onde está ele no momento?", perguntei. "Em seu quarto, deitado. Pediu para ser chamado às nove." "Vou subir para falar com ele", disse eu. Achei que se aparecesse de repente podia dar-lhe um susto e levá-lo a dizer alguma coisa irrefletida. O empregado do hotel se ofereceu para me mostrar onde era o quarto: no segundo andar, e um corredorzinho levava até ele. O rapaz apontou a porta e já ia voltar para a recepção quando vi uma coisa que, malgrado meus vinte anos de experiência, deixou-me extremamente abalado. Por baixo da porta via-se escorrer uma fita vermelha de sangue que fazia um percurso sinuoso, atravessava o corredor e ia formar uma poça junto ao rodapé do outro lado. Gritei, e o rapaz da portaria voltou. Ao ver aquilo ele quase desmaiou. A porta estava trancada por dentro, mas os dois metemos o ombro e ela acabou cedendo. A janela do quarto estava aberta; junto dela, todo encolhido, estava o corpo de um homem vestido com roupa de dormir. Estava completamente morto, e já fazia algum tempo. Seus membros estavam frios e rígidos. Quando o viramos de rosto para cima, o rapaz da portaria o reconheceu imediatamente como o mesmo cavalheiro que tomara o quarto sob o nome de

Joseph Stangerson. A causa da morte era um profundo corte à esquerda de seu tórax, um corte que devia ter atingido o coração. E agora vem a parte mais estranha da história toda. Sabem o que eu vi sobre o corpo do assassinado?

Antes mesmo de Sherlock Holmes responder, senti um arrepio percorrer-me o corpo e um pressentimento do horror que se aproximava.

— A palavra RACHE escrita com letras de sangue — disse ele.

— Exatamente — disse Lestrade numa voz aterrorizada, e todos nos mantivemos alguns minutos em silêncio.

Havia algo tão metódico, tão incompreensível, nos atos daquele assassino desconhecido, que seus crimes tornavam-se ainda mais sinistros. Meus nervos, que no campo de batalha costumavam ter a necessária firmeza, punham-se a vibrar quando eu pensava naquilo tudo.

— O assassino foi visto — prosseguiu Lestrade. — Um garoto entregador de leite que a caminho da leiteria casualmente cruzou a passagem que sai do pátio atrás do hotel. Observou que uma escada que costuma ficar encostada à parede estava apoiada a uma das janelas do segundo andar e que a janela estava aberta. Depois de passar, o garoto olhou para trás e viu um homem descendo a escada. O homem desceu tão tranquilamente, com tal naturalidade, que o garoto concluiu que era algum carpinteiro ou encanador contratado pelo hotel. Não observou nada de especial no homem, só pensou consigo mesmo que ele tinha começado seu trabalho muito cedo. O garoto acha que o homem era alto, que seu rosto era avermelhado e que vestia um casaco comprido, meio marrom. Deve ter ficado algum tempo no quarto depois do assassinato, pois encontramos água tingida de sangue na pia onde lavou as mãos e marcas nos lençóis, onde deliberadamente limpou a faca.

Ao ouvir a descrição do assassino conferir tão exatamente com a de Holmes, voltei os olhos para este último — mas não encontrei sinais de júbilo ou satisfação em seu rosto.

— O senhor não encontrou alguma coisa no quarto que pudesse ser uma pista para localizar o assassino?

— Nada. Stangerson tinha no bolso a carteira de Drebber, mas parece que isso era normal, visto que era ele quem pagava tudo. Na carteira havia mais ou menos oitenta libras, mas nada fora levado. Sejam quais forem os motivos desses extraordinários crimes, certamente o roubo não está entre eles. Não havia papéis nem anotações nos bolsos do assassinado, exceto um telegrama chegado de Cleveland há um mês com as palavras "J. H. está na Europa". A mensagem não estava assinada.

— Nada mais? — insistiu Holmes.

— Nada importante. O romance que o homem estava lendo, que lera até adormecer, estava sobre a cama; seu cachimbo estava sobre uma cadeira ao lado. Sobre a mesa havia um copo de água, e no peitoril da janela uma latinha de pomada com dois comprimidos.

Sherlock Holmes pulou da cadeira com uma exclamação de alegria.

— O último elo — exclamou, exultante. — Meu caso está encerrado.

Os dois detetives ficaram olhando para ele espantados.

— Tenho agora nas mãos — disse meu companheiro, confiante — todos os fios que formavam o emaranhado. Claro, alguns detalhes deverão ser preenchidos, mas estou tão seguro em relação aos fatos principais, desde o momento em que Drebber se separou de Stangerson na estação até a descoberta do corpo desse último, como se tivesse assistido a tudo com meus próprios olhos. Vou-lhes dar uma prova de que é assim. O senhor teve condições de apropriar-se desses comprimidos?

— Estão aqui comigo — disse Lestrade, apresentando uma latinha branca. — Recolhi-os, juntamente com a carteira e o telegrama, na intenção de guardá-los em segurança na chefatura. Só por acaso recolhi os comprimidos, pois devo dizer que não lhes atribuo a menor importância.

— Dê aqui — disse Holmes. — Agora, doutor — disse ele virando-se para mim —, na sua opinião estes comprimidos são comprimidos comuns?

Comuns eles não eram, sem dúvida alguma. Eram de uma tonalidade cinza-pérola, pequenos, redondos, quase transparentes quando vistos contra a luz.

— A julgar por sua leveza e transparência, eu diria que são solúveis na água — observei.

— Precisamente — respondeu Holmes. — Agora, por favor, você se importaria de descer e buscar aquele pobre terrier que há tanto tempo está nas últimas e que ontem a senhoria estava querendo sacrificar para que parasse de sofrer?

Fui até o andar inferior, depois subi as escadas com o cachorro no colo. Sua respiração penosa e seus olhos vítreos indicavam que estava próximo do fim. Com efeito, como proclamava seu focinho branco, ele já ultrapassara o prazo costumeiro da existência canina. Coloquei-o no tapete sobre uma almofada.

— Agora vou cortar um destes comprimidos ao meio — disse Holmes; e, tirando do bolso o canivete, passou da palavra ao ato. — Metade volta para a latinha, para uso futuro. A outra metade vai ser colocada neste cálice, juntamente com uma colher de água. Vocês podem perceber que nosso amigo, o doutor, estava certo e que realmente o comprimido está se dissolvendo.

— Tudo isso pode ser muito interessante — disse Lestrade no tom ofendido de quem desconfia que está sendo feito de bobo —, mas não entendo o que isso tem a ver com a morte do sr. Joseph Stangerson.

— Paciência, meu amigo, paciência! Oportunamente o senhor irá constatar que tem tudo a ver. Agora irei adicionar um pouquinho de leite para que a mistura se torne palatável e, apresentando-a ao cão, veremos que este imediatamente tratará de engoli-la.

Enquanto falava, virou o conteúdo do cálice num pires, que pousou no chão diante do terrier; este rapidamente lambeu o pires até deixá-lo seco. A intensidade dos atos de Sherlock Holmes nos envolvera a tal ponto que ficamos os três sentados em silêncio a observar atentamente o animal, esperando um efeito de impacto. Nada aconteceu, porém. O cão continuou estendido sobre a almofada. Respirava com dificuldade, mas, até onde era possível perceber, seu estado não piorara nem melhorara com a beberagem.

Holmes havia tirado o relógio; vendo que os minutos se sucediam sem que nada acontecesse, suas feições passaram a exprimir o mais profundo desapontamento. Mordeu o lábio, tamborilou na mesa e exibiu todos os sintomas possíveis de uma enorme impaciência. Tão grande era sua comoção que me senti sinceramente penalizado, enquanto os dois detetives sorriam com ar zombeteiro, nem um pouco incomodados com aquele tropeço que Holmes estava sendo obrigado a enfrentar.

— Não pode ser coincidência — exclamou este último, levantando-se finalmente da cadeira e pondo-se a andar, nervosíssimo, de um lado para outro. — Impossível que seja mera coincidência. Exatamente os comprimidos que eu suspeitava que existissem no caso Drebber são encontrados depois da morte de Stangerson. Só que inócuos! O que isso pode significar? Não dá para acreditar que toda a minha cadeia de reflexões estivesse incorreta. Impossível! Mas o diabo desse cachorro não piorou nada! Ah! Já sei! Já sei!

Com um perfeito guincho de júbilo ele correu para a latinha, cortou o outro comprimido pelo meio, dissolveu-o, misturou com leite e ofereceu ao terrier. A língua da infeliz criatura ainda não acabara de se umedecer no líquido e seus membros já eram atravessados por um arrepio convulsivo, e em pouco tempo o cachorro ficou rígido e sem vida, como se fulminado por um raio.

Sherlock Holmes deu um suspiro profundo e enxugou o suor da testa.

— Eu devia ter mais fé — disse ele. — Já devia saber, a estas alturas, que quando um fato parece se opor a uma longa série de deduções invariavelmente se verifica que esse fato comporta alguma outra interpretação. Dos dois comprimidos daquela latinha, um era do veneno mais mortífero, outro totalmente inofensivo. Eu devia saber disso antes de ter posto os olhos na latinha.

Achei essa última declaração tão surpreendente que mal consegui acreditar que Holmes estivesse sóbrio. Ali estava o cão morto, no entanto, a provar que suas conjeturas estavam corretas. A impressão que eu tinha era de que as brumas de minha própria mente estavam aos poucos se dissipando e de que eu começava a ter uma percepção ainda indistinta, vaga, da verdade.

— Tudo isso lhes parece estranho — prosseguiu Holmes — porque desde o início do inquérito os senhores deixaram de perceber a importância da única pista autêntica com a qual se defrontaram. Tive a boa sorte de agarrar-me a ela, e tudo o que aconteceu desde aquele momento só veio confirmar minha suposição original, configurando-se, na realidade, como sua sequência lógica. Por isso certas coisas que deixaram os senhores perplexos e confundiram ainda mais o caso serviram para me elucidar e fortalecer as conclusões a que eu havia chegado. É um erro confundir estranheza com mistério. O mais comum dos crimes muitas vezes é o mais misterioso, por não apresentar características novas ou especiais que permitam fazer deduções. Esse assassinato teria sido infinitamente mais difícil de esclarecer se o corpo da vítima estivesse simplesmente caído na rua, sem nenhum desses ingredientes insólitos e sensacionais que o tornaram único. Os detalhes estranhos, longe de dificultar o caso, na realidade tiveram o efeito de torná-lo menos difícil.

O sr. Gregson, que ouvira todo o discurso com considerável impaciência, não conseguiu mais conter-se.

— Ouça aqui, sr. Sherlock Holmes — disse —, estamos todos dispostos a reconhecer que o senhor é um homem inteligente e que tem seus próprios métodos de trabalho. Só que neste momento estamos querendo mais que simples teorias e sermões. Trata-se de capturar o homem. Fiz minhas deduções e ao que tudo indica estava errado. O jovem Charpentier não poderia estar envolvido no segundo assassinato. Lestrade foi atrás desse tal Stangerson e ao que parece também ele estava equivocado. O senhor deu a entender de diversas maneiras que sabe mais que nós, e aparentemente sabe. Mas chegou o momento em que sentimos que temos o direito de perguntar-lhe francamente quanto o senhor sabe da história. O senhor teria condições de dizer-nos o nome do homem que matou esses dois?

— Não posso me impedir de achar que Gregson tem razão, senhor — observou Lestrade. — Nós dois tentamos, e ambos falhamos. O senhor já observou diversas vezes, desde que me encontro neste aposento, que já tinha todas as provas de que necessitava. Certamente não irá mantê-las para si mesmo por mais tempo...

— Toda demora em prender o assassino poderia dar-lhe tempo para perpetrar alguma nova atrocidade — observei.

Assim pressionado por todos nós, Holmes deu mostras de indecisão. Continuou andando de um lado para outro com a cabeça enterrada no peito e as sobrancelhas franzidas, como costumava fazer quando se entregava à reflexão.

— Não haverá outros assassinatos — acabou por dizer, estacando abruptamente e encarando-nos. — Podem descartar essa hipótese. Os senhores me perguntaram se conheço o nome do assassino. Conheço. Pouco interessa, porém, o mero conhecimento desse nome. O importante é conseguir agarrá-lo. E é isso o que espero fazer muito em breve. Tenho boas razões para acreditar que vou conseguir fazê-lo em decorrência de minhas próprias disposições. Isso, no entanto, é uma coisa que exige sutileza, pois estamos diante de um homem astuto e desesperado que, como tive ocasião de provar, conta com a ajuda de outro homem tão inteligente quanto ele mesmo. Enquanto esse homem não suspeitar que alguém pode ter uma pista, temos alguma chance de prendê-lo; caso tenha a menor suspeita, contudo, mudará de nome e desaparecerá num instante entre os quatro milhões de habitantes desta grande cidade. Sem querer ferir os sentimentos dos senhores, sinto-me obrigado a dizer que estou convencido de que esses homens são capazes de bater as forças da ordem e que, por essa razão, não solicitei o auxílio dos senhores. Caso falhe, naturalmente estarei pronto a arcar com toda a culpa resultante de minha omissão. Para tanto estou preparado. No momento estou disposto a jurar que, assim que me for possível comunicar-lhes alguma coisa sem pôr em risco meus próprios projetos, não deixarei de fazê-lo.

Gregson e Lestrade não pareceram nem um pouco satisfeitos com essa afirmação ou com a alusão depreciatória às investigações policiais. O primeiro corara até as raízes do cabelo louro, enquanto os olhos de contas do outro cintilaram de curiosidade e ressentimento. Antes que qualquer dos dois tivesse oportunidade de falar, porém, o porta-voz dos garotos de rua, o jovem Wiggins, introduzia sua insignificante e desagradável pessoa no aposento.

— Por favor, senhor — disse ele, ajeitando o topete —, o carro está aí embaixo.

— Bravo, garoto! — disse Holmes com delicadeza. — Por que vocês não introduzem esse modelo na Scotland Yard? — disse, apanhando um par de algemas de aço numa gaveta. — Vejam como a mola funciona bem. Prende num instante.

— O modelo antigo é bom o bastante — observou Lestrade. — Só falta encontrar o homem em quem aplicá-lo.

— Ótimo, ótimo — disse Holmes sorridente. — O cocheiro bem que podia me ajudar com minhas caixas. Peça-lhe que suba, Wiggins.

Eu estava surpreso ao ver meu companheiro falar como se estivesse prestes a partir em viagem, visto que nada me dissera a respeito. Havia uma pequena valise a um canto, que ele puxou e cujas correias começou a apertar. Estava totalmente voltado para essa tarefa quando o cocheiro entrou no aposento.

— Me dê uma mão aqui com esta fivela, cocheiro — disse, ajoelhando-se sobre a maleta sem virar a cabeça.

O sujeito se aproximou com ar um tanto taciturno, provocador, e estendeu as mãos para ajudar. Naquele momento ouviram-se um estalido seco e o tilintar do metal; Sherlock Holmes, de um salto, pôs-se em pé novamente.

— Senhores — exclamou com olhos cintilantes —, deixem-me apresentar-lhes o sr. Jefferson Hope, assassino de Enoch Drebber e Joseph Stangerson.

A coisa toda aconteceu num instante — tão depressa que nem sequer tive tempo de dar-me conta. Guardo uma lembrança nítida daquele instante, da expressão triunfante de Holmes, do timbre de sua voz, do rosto aturdido, descontrolado, do cocheiro a olhar as algemas cintilantes que haviam surgido ao redor de seus pulsos como num passe de mágica. Durante alguns segundos, suponho que parecemos um grupo de estátuas. Depois, num rugido inarticulado de fúria, o prisioneiro se soltou das mãos de Holmes e investiu para a janela. A madeira e o vidro cederam ao peso de seu corpo; mas, antes que ele acabasse de passar para o lado de fora, Gregson, Lestrade e Holmes pularam como cães de caça. O homem foi arrastado de volta para o aposento, e teve início uma luta terrível. Tão forte e valente era ele que nós quatro fomos atingidos repetidamente. Parecia ter a força convulsiva de um homem sofrendo uma crise epiléptica. Seu rosto e suas mãos haviam sido terrivelmente atingidos pela passagem através do vidro, mas a perda de sangue não contribuía para diminuir sua resistência. Só depois que Lestrade conseguiu enfiar a mão no lenço que ele tinha ao redor do pescoço, quase o estrangulando, pudemos convencê-lo de que seus esforços eram vãos; e mesmo então não nos sentimos seguros enquanto não amarramos seus pés e mãos. Feito isso, pusemo-nos de pé sem fôlego, respirando penosamente.

— Temos o carro dele — disse Sherlock Holmes. — Vai servir para levá-lo até a Scotland Yard. E agora, senhores — prosseguiu, com um sorriso amável —, chegamos ao fim de nosso pequeno mistério. Agora os senhores podem fazer-me as perguntas que quiserem, não há possibilidade de eu me recusar a respondê-las.

PARTE II

A Terra dos Santos

VIII

NO IMENSO DESERTO DO LAGO SALGADO

Na parte central do grande continente norte-americano, existe um deserto árido e inamistoso que por muitos anos funcionou como barreira contra o avanço da civilização. Da Sierra Nevada ao Nebrasca e do rio Yellowstone — ao norte — ao rio Colorado — ao sul —, estende-se uma área de desolação e silêncio. Nem sempre, porém, a natureza desse lugar feroz apresenta a mesma fisionomia. Há montanhas grandiosas com os cimos cobertos de neve, mas também há vales escuros e melancólicos. Há rios de águas rápidas precipitando-se pelas pedras dos desfiladeiros e há enormes planícies, no inverno brancas de neve e no verão cinzentas de poeira alcalina. Por toda a parte, entretanto, estão presentes as características comuns da desolação, da hostilidade e da miséria.

Não há habitantes nesse país de desalento. Muito de vez em quando ele é atravessado por algum bando de índios *pawnees* ou pés-pretos, de passagem rumo a outros territórios de caça, mas mesmo o mais ousado dos bravos sente alívio ao deixar para trás o horror daquelas planícies e voltar às pradarias. O coiote se oculta em meio ao matagal, o falcão cruza os ares batendo pesadamente as asas, e o desajeitado urso-pardo percorre as ravinas escuras com seu passo arrastado, servindo-se, para seu sustento, do que encontra entre as rochas. São esses os únicos moradores daquela região agreste.

No mundo inteiro não pode haver panorama mais lúgubre do que o que se avista do alto da vertente norte da Sierra Blanca. Até onde o olhar alcança se estende a imensidão da planície, toda manchada por trechos de terreno alcalino e entrecortada por maciços de arbustos mirrados de chaparral. No limite extremo do horizonte vê-se uma longa cadeia de picos de montanhas com seus cimos irregulares pintados de neve. Nessa grande extensão de terras não há sinal de vida nem de coisa alguma que diga respeito à vida. No céu azul-aço não voam pássaros, nada se move na terra inerte, cinzenta — e, sobretudo, o silêncio é total. Por mais que se apure o ouvido não há sombra de ruído em toda aquela grandiosa região agreste; nada além de silêncio — completo, angustiante silêncio.

Afirmou-se que na grande planície não há coisa alguma que diga respeito à vida. Isso está longe de ser verdade. Olhando-se para baixo da Sierra Blanca avista-se uma trilha sinuosa que corta o deserto e que avança até perder-se na distância. É uma trilha sulcada por rodas e calcada pelos pés de muitos aventureiros. Aqui e ali veem-se espalhados objetos brancos que cintilam ao sol e que se destacam da capa de poeira alcalina. Aproximem-se, examinem esses objetos! São ossadas: algumas grandes e rudes, outras menores e mais delicadas. As primeiras pertenceram a reses, as últimas a homens. Ao longo de dois mil e quinhentos quilômetros é possível localizar essa sinistra rota de caravanas através dos despojos esparsos dos que caíram em plena jornada.

Era esse o cenário que, no dia 4 de maio de 1847, contemplava um viajante solitário. Por sua aparência ele podia ser o próprio gênio ou demônio daquela região. Teria sido difícil para um observador determinar se ele estava mais próximo dos quarenta ou dos sessenta anos. Seu rosto era magro e gasto; a pele ressecada, escura, distendia-se sobre os ossos salientes; o cabelo e a barba, compridos, castanhos, estavam completamente salpicados de branco; os olhos afundavam-se no crânio, ardendo num brilho pouco natural; e a mão que segurava o rifle tinha quase tanta carne quanto a de um esqueleto. Em pé, ele buscava o apoio de sua arma para equilibrar-se, embora sua silhueta alta e a estrutura maciça de seus ossos sugerissem uma constituição rija, vigorosa. Seu rosto abatido, porém, assim como suas roupas, que pendiam frouxas em torno dos membros murchos, apregoavam a razão pela qual ele ostentava aquele aspecto senil e decrépito. O homem estava morrendo; morrendo de fome e sede.

Com muita dificuldade, esse homem havia descido até o fundo da ravina para em seguida escalar aquela pequena elevação, movido pela esperança vã de encontrar algum sinal de água. Agora a grande planície salgada desdobrava-se diante de seus olhos até o cinturão distante de montanhas agrestes sem que ele visse sinal de planta ou árvore a indicar a presença de umidade. Em toda aquela ampla paisagem não havia vislumbre de esperança. Norte, leste, oeste... Em toda a parte ele buscava, com olhos desesperados, interrogativos, até compreender que sua perambulação chegara ao fim e que ali, naquele penhasco perdido, estava a ponto de morrer.

— Por que não aqui, em vez de morrer numa cama de plumas daqui a vinte anos? — murmurou, sentando-se ao abrigo de uma rocha.

Antes de sentar-se depôs o rifle inútil e também a grande trouxa feita com um xale cinzento que, ao chegar, trazia pendurada no ombro direito. Aparentemente era algo pesado demais para suas forças: quando o homem desceu a trouxa, esta caiu por terra com certa violência. Imediatamente, do volume cinzento elevou-se uma exclamação queixosa; de dentro dele surgiram um rostinho apavorado com olhos castanhos muito vivos e dois punhozinhos sardentos e gorduchos.

— Você me machucou! — disse uma voz infantil, em tom de reprovação.

— É mesmo? — respondeu o homem, contrito. — Foi sem querer.

Enquanto falava ele foi desenrolando o xale cinzento, até extrair lá de dentro uma linda meninazinha de uns cinco anos de idade. Os sapatos delicados e o mimoso vestido cor-de-rosa guarnecido com um aventalzinho de linho apontavam para os cuidados de uma mãe zelosa. A menina estava pálida e fraca, mas seus braços e pernas saudáveis mostravam que havia sofrido menos que o companheiro.

— E agora, melhorou? — perguntou ele ansioso, vendo-a esfregar os cachos dourados que lhe cobriam a parte de trás da cabeça.

— Dê um beijinho que sara — disse ela, toda séria, mostrando o lugar do machucado. — Assim que a mamãe sempre fazia. Onde está a mamãe?

— Mamãe foi-se embora. Acho que não demora muito você encontra a mamãe.

— Foi-se embora? — disse a menina. — Engraçado, ela não se despediu; quase sempre ela se despedia, até quando só ia dar uma passadinha na casa da titia para tomar chá com ela. E agora já faz três dias que ela foi embora! Puxa, está muito seco, não é? Não tem água? Não tem alguma coisa para comer?

— Não, nada, queridinha. Vai ser preciso um pouco de paciência, daqui a pouco as coisas melhoram. Encoste a cabeça em mim. Viu? Fica mais confortável. Não é fácil conversar quando os lábios da gente estão secos desse jeito, secos que nem couro, mas estou achando que é melhor explicar a situação a você. O que é isso aí?

— Coisas bonitas! Coisas legais! — exclamou a menina animada, mostrando dois fragmentos cintilantes de mica. — Quando a gente voltar para casa, eu vou dar de presente para o mano Bob.

— Logo você vai ver umas coisas ainda mais bonitas que essas — disse o homem com voz firme. — Espere só. Mas eu ia lhe contar... você se lembra quando nós nos afastamos do rio?

— Lembro sim.

— Bom, a gente achou que logo ia encontrar outro rio, sabe? Mas não deu certo. Não sei se foi a bússola, o mapa, alguma coisa não deu certo, e o rio não apareceu. A água acabou. Só ficou uma gotinha para você e... e...

— Aí não deu para você tomar banho? — interrompeu a menina, séria, levantando os olhos para o rosto encardido do companheiro.

— É. Também não havia água para beber. E o sr. Bender foi o primeiro, depois o índio Pete, depois a sra. McGregor, depois o Johnny Hones, depois, minha querida, foi sua mãe...

— Então a mamãe também já morreu — exclamou a menina, escondendo o rosto no avental e pondo-se a chorar desolada.

— É, todo mundo foi embora, só sobramos você e eu. Aí eu achei que talvez conseguíssemos encontrar água nesta direção.

Pus você em cima do ombro e viemos os dois. Mas parece que a situação não melhorou. Agora nossas possibilidades são muito, muito pequenas.

— Quer dizer que nós dois também vamos morrer? — perguntou a criança, contendo os soluços e levantando o rosto riscado de lágrimas.

— É, está parecendo.

— Por que você não falou antes? — disse ela, rindo alegremente. — Você me deu um susto enorme. Ora, claro, se a gente vai morrer a gente vai encontrar a mamãe de novo.

— É, queridinha, você vai encontrar a mamãe.

— E você também. Vou contar a ela como você foi bom para mim. Aposto que ela vai ficar nos esperando na porta do céu com um jarro bem grande de água e um monte de bolinhos de trigo, bolinhos bem quentes, torrados dos dois lados, daqueles que eu e o Bob gostamos. Quanto tempo vai demorar?

— Não sei... não muito.

Os olhos do homem estavam fixos no horizonte norte. Na cúpula azul do céu haviam aparecido três pontinhos que não paravam de aumentar, de tão rápido que se aproximavam. Em pouco tempo eles assumiram a forma de três grandes aves escuras que começaram a voar em círculos sobre as cabeças dos dois andarilhos para depois pousar sobre algumas rochas logo acima. Eram bútios, os abutres do oeste, cuja chegada é o anúncio da morte.

— Galos e galinhas — gritou a meninazinha, alegre, apontando suas formas de mau augúrio e batendo palmas para fazê-los levantar voo. — Me diga, foi Deus que fez este lugar?

— Claro que foi — disse o homem, um tanto surpreendido com a pergunta inesperada.

— Foi Ele que fez o Illinois, foi Ele que fez o Missouri — continuou ela. — Acho que este lugar onde nós estamos foi outra pessoa que fez. Não está tão benfeito. Esqueceram da água, esqueceram das árvores...

— O que você acha da gente fazer uma oração? — perguntou o homem, timidamente.

— Ainda não ficou noite!

b.
c.
d.
S
N

— Não faz mal. Não está na hora, mas Ele não vai se importar, pode ter certeza. Você faz as orações que costumava fazer à noite, na carreta, quando estávamos nas planícies.

— Por que você mesmo não reza? — perguntou a menina, com um olhar intrigado.

— É que não estou bem lembrado — respondeu ele. — Acho que não rezo desde o tempo em que tinha a metade da altura daquele rifle. Mas tenho a impressão de que nunca é tarde demais. Você diz as orações, eu fico do seu lado, e na hora de repetir as coisas eu repito.

— Então você tem que se ajoelhar, eu também — disse ela, estendendo o xale no chão. — Você precisa levantar as mãos, assim, olhe. A gente fica com uma sensação boa.

Era uma cena estranha, caso houvesse alguma outra testemunha além dos bútios para apreciá-la. Lado a lado sobre o xale estreito ajoelharam-se os dois nômades, a criança tagarela e o valente e rijo aventureiro. O rostinho rechonchudo da menina e a fisionomia encovada e angulosa do homem estavam ambos voltados para o céu sem nuvens, numa súplica sincera àquele Ser temível diante do qual os dois se encontravam, enquanto as duas vozes — uma aguda e clara, a outra grave e áspera — uniam-se rogando perdão e misericórdia. Concluída a oração, os dois retomaram seus lugares, sentados à sombra da rocha, até a menina adormecer, aninhada contra o peito largo de seu protetor. Ele ficou vigiando o sono da criança durante algum tempo, mas a Natureza mostrou que era mais forte que ele. Durante três dias e três noites ele não se permitira descanso ou sono. Lentamente suas pálpebras cerraram-se sobre os olhos fatigados e sua cabeça foi tombando sobre o peito, até que a barba grisalha do homem se misturou aos cachos dourados de sua companheira e ambos dormiram o mesmo sono profundo e sem sonhos.

Se o andarilho tivesse ficado mais meia hora acordado, seus olhos teriam divisado uma estranha cena. Longe, no limite extremo da planície alcalina, elevou-se uma pequena coluna de pó, muito delgada no início, dificilmente perceptível em meio às brumas da distância, mas gradualmente aumentando e alargando-se até formar uma nuvem sólida, bem delineada. Essa nuvem continuou a aumentar de tamanho até tornar-se evidente que só podia ser provocada por uma multidão de criaturas em movimento. Em regiões mais férteis o observador teria concluído que se aproximava um desses grandes rebanhos de bisões que costumam pastar nas pradarias; naquelas paragens áridas isso era obviamente impossível. À medida que a nuvem de pó se aproximava do penhasco isolado onde repousavam os dois desgarrados, os toldos de lona das carretas e as figuras dos cavaleiros armados começaram a definir-se através da névoa, e a aparição tomou a forma de uma imensa caravana que avançava para o oeste. Mas que caravana! Quando seu início atingiu a base das montanhas, o fim ainda não era visível no horizonte. A enorme planície era cortada ao meio pelo cortejo errante: carretas e carroças, homens a cavalo, homens a pé, um sem-número de mulheres — trôpegas sob seus pesados fardos — e crianças trotando ao lado das carretas ou espiando por debaixo dos toldos brancos. Não se tratava, evidentemente, de um grupo comum de migrantes, mas de algum povo nômade obrigado pela força das circunstâncias a buscar um novo lar. Dessa grande massa de seres humanos subia pelo ar um rumor difuso, que ia unir-se ao guincho das rodas e ao relincho dos cavalos. Mas nem todo aquele ruído, por forte que fosse, bastou para acordar os dois cansados andarilhos que dormiam um pouco acima da estrada.

À testa da coluna cavalgavam uns vinte homens ou mais, sérios, impassíveis, vestidos com trajes escuros de pano tecido em casa, armados com rifles. Ao atingir a base do penhasco, o grupo parou para realizar uma espécie de curta assembleia.

— Os poços estão à direita, irmãos — disse um deles, um homem de expressão dura, rosto escanhoado e cabelo grisalho.

— Se formos pela direita da Sierra Blanca, chegamos ao Rio Grande — disse outro.

— Não temam que a água nos venha a faltar — exclamou um terceiro. — Aquele que sabia extraí-la das rochas não irá abandonar Seu povo eleito.

— Amém! Amém! — respondeu o grupo em uníssono.

Estavam a ponto de prosseguir a jornada quando um dos mais jovens, de vista mais penetrante, soltou uma exclamação e apontou para a rocha escarpada acima deles. Bem no alto via-se uma mancha cor-de-rosa, vibrante e nítida contra o cinzento das pedras. Diante daquilo houve um puxar de rédeas coletivo, um desembainhar de armas e o galope apressado de reforços de cavaleiros que se aproximaram para apoiar a vanguarda. A palavra "peles-vermelhas" estava em todos os lábios.

— Não é possível haver índios aqui — disse o homem mais velho, que parecia estar no comando. — Já passamos pela região dos *pawnees*, e não há outras tribos antes das grandes montanhas!

— Quer que eu vá até lá dar uma olhada, irmão Stangerson? — perguntou um dos componentes do bando.

"Eu também vou...", "Eu também vou...", gritaram inúmeras vozes.

— Deixem os cavalos para trás; esperamos por vocês aqui — disse o homem mais velho.

Um instante depois os jovens estavam desmontados; tendo amarrado seus cavalos, puseram-se a subir a encosta íngreme que conduzia ao objeto que despertara sua curiosidade. Avançavam rápida e silenciosamente, com a confiança e a destreza dos batedores experientes. Os que haviam ficado embaixo, na planície, podiam vê-los galgando rocha após rocha até suas silhuetas se destacarem contra o céu. O rapaz que dera o alarme ia à frente. De súbito os que iam atrás viram-no jogar as mãos para cima, como uma pessoa profundamente surpreendida; chegando junto dele, vendo a cena que os esperava, foram todos tomados pela mesma emoção.

Na pequena plataforma que encimava a colina nua havia uma única rocha gigantesca; encostado a essa rocha estava um homem alto, de barbas longas e feições severas, mas extremamente afiladas. Seu rosto plácido e sua respiração regular provavam que estava profundamente adormecido. A seu lado dormia uma criancinha cujos braços alvos e roliços penduravam-se ao pescoço escuro e nervoso e cuja cabeça dourada repousava sobre o peito da túnica de algodão do homem. A criança tinha os lábios rosados entreabertos, deixando ver os dentes brancos e regulares, e um sorriso brincalhão iluminava seus traços infantis. Suas perninhas brancas e rechonchudas e os pés calçados com meias brancas e sapatos limpos de fivelas brilhantes ofereciam um estranho contraste aos membros longos e descarnados do companheiro. Sobre a laje de pedra que protegia aquela estranha dupla viam-se três solenes bútios; estes, vendo os recém-chegados, soltaram gritos roucos de desapontamento e partiram, batendo as asas aborrecidos.

Os gritos das aves asquerosas despertaram os dois viajantes adormecidos, que olharam para cima sem acreditar no que viam. O homem, trôpego, tratou de levantar-se; olhando para baixo viu que a planície, tão desolada quando o sono o vencera, estava agora cortada por aquele enorme grupo de homens e animais. Ao ver aquilo, seu rosto adquiriu uma expressão de incredulidade, e ele passou a mão ossuda sobre os olhos.

— É isso o que chamam delírio, imagino — murmurou.

A criança estava em pé ao lado dele, agarrada à bainha de seu capote, sem dizer palavra, mas examinando tudo ao redor com o olhar admirado e interrogativo da infância.

Em pouco tempo o grupo de resgate conseguiu convencer os dois desgarrados de que seu aparecimento não era uma ilusão. Um deles pegou nos braços a menininha e sentou-a sobre o ombro, enquanto dois outros amparavam seu esquálido companheiro, ajudando-o a avançar até as carretas.

— Meu nome é John Ferrier — explicou o caminhante. — Eu e a pequena somos tudo o que resta de um grupo de vinte e uma pessoas. Todos os outros morreram de sede e fome bem mais para o sul.

— Ela é sua filha? — perguntou alguém.

— Parece que agora é — respondeu ele, em tom de desafio. — É minha porque eu a salvei. Homem algum irá tirá-la de mim. De hoje em diante o nome dela é Lucy Ferrier. Quem são vocês, afinal? — prosseguiu, olhando com curiosidade as figuras bronzeadas, robustas, de seus salvadores. — O grupo de vocês parece que não acaba mais...

— Mais ou menos dez mil — disse um dos jovens. — Somos os filhos perseguidos de Deus, os eleitos do anjo Merona.

— Nunca ouvi falar dele — disse o andarilho. — Ao que parece, escolheu uma bela multidão.

— Não brinque com o que é sagrado — disse o outro severamente. — Somos aqueles que acreditam nas escrituras sagradas, gravadas em caracteres egípcios nas placas de ouro batido, que foram confiadas ao santo Joseph Smith, em Palmyra. Estamos vindo de Nauvoo, no estado de Illinois, onde erguemos nosso templo. Viemos em busca de refúgio contra a violência dos homens e contra os ímpios, ainda que seja no meio do deserto.

A referência a Nauvoo evidentemente despertou lembranças em John Ferrier.

— Já sei — disse. — Vocês são os mórmons.

— Somos os mórmons — responderam seus companheiros a uma só voz.

— E para onde estão indo?

— Não sabemos. A mão de Deus está nos guiando na pessoa de nosso Profeta. Vamos imediatamente levá-los a sua presença. Ele dirá o que deve ser feito com vocês.

Quando a conversa chegou a esse ponto, o grupo já havia atingido a base da montanha, onde foi cercado por numerosos peregrinos — mulheres de rosto pálido e aspecto submisso; crianças fortes e risonhas; homens ansiosos, de olhar febril. Muitas eram as exclamações de espanto e comiseração que essa gente toda deixava escapar ao perceber a juventude de um dos desconhecidos e a indigência do outro. Mas nem por isso a escolta interrompeu sua marcha; seguida por uma verdadeira multidão de mórmons, avançou até chegar a uma carreta que se destacava por suas grandes dimensões e seu aspecto luxuoso e elegante. A essa carreta estavam atrelados seis cavalos, enquanto os demais veículos dispunham de dois ou, no máximo, quatro cavalos cada. Ao lado do cocheiro estava um homem que não podia ter mais de trinta anos, mas cuja cabeça volumosa e expressão decidida identificavam-no como líder. Esse homem estava lendo um volume de capa marrom; no entanto, ao ver a multidão aproximar-se, pousou o livro e ouviu atentamente o relato que lhe fizeram do episódio. Em seguida voltou-se para os dois desgarrados.

— Caso venhamos a decidir levá-los conosco — disse, em tom solene —, só pode ser na qualidade de fiéis do nosso credo. Não queremos lobos em nosso aprisco. É de longe preferível que os ossos de vocês sejam deixados a alvejar neste deserto do que um dia descobrir que vocês eram aquela partícula de podridão que acaba por corromper o fruto inteiro. Diante dessas condições, é seu desejo seguir conosco?

— Olhem, aceito qualquer condição para ficar com vocês — disse Ferrier em tom tão enfático que os solenes Anciãos não puderam conter um sorriso. Só o líder manteve a expressão severa, imponente.

— Leve-o, irmão Stangerson — disse. — Dê-lhe de comer e beber e faça o mesmo com a criança. Encarregue-se também de ensinar-lhes nosso santo credo. Já nos demoramos bastante. Avante. Avante, para Sião!

— Para Sião! — respondeu a multidão de mórmons, e suas palavras ecoaram pela longa caravana, passando de boca em boca até dissipar-se ao longe num murmúrio indistinto. Com um estalar de chicotes e um ranger de rodas, as grandes carroças puseram-se em marcha, e em pouco a caravana inteira retomava seu curso sinuoso. O Ancião encarregado de tomar conta dos dois viandantes conduziu-os até sua carreta, onde uma refeição já os esperava.

— É aqui que vocês vão ficar — disse. — Em poucos dias estarão refeitos das provações por que passaram. Enquanto isso, lembrem-se de que de hoje em diante e para todo o sempre vocês pertencem a nossa religião. Tal foi a determinação de Brigham Young, e Brigham Young falou com a voz de Joseph Smith, que é a voz de Deus.

IX

A FLOR DO UTAH

Este não é o lugar para apregoar as dificuldades e privações enfrentadas pelos imigrantes mórmons enquanto estes não atingiram o porto seguro que buscavam. Das margens do rio Mississíppi às encostas ocidentais das Montanhas Rochosas, haviam avançado com uma obstinação quase sem paralelos na história. O homem selvagem, o animal selvagem, a fome, a sede, a fadiga e a doença — todas as dificuldades que a Natureza podia colocar no caminho — haviam sido superados com uma tenacidade anglo-saxônica. Mas a longa jornada e o acúmulo de terrores tinham abalado o ânimo dos mais bravos dentre eles. Não houve um que não se deixasse cair de joelhos numa prece comovida ao descortinar o amplo vale do Utah banhado pelos raios do sol e ficar sabendo, da boca de seu líder, que era aquela a terra prometida, que aqueles hectares intocados seriam seus para todo o sempre.

Em pouco tempo Young revelou-se administrador competente e chefe resoluto. Elaboraram-se mapas e cartas topográficas com esboços da futura cidade. Ao redor distribuíram-se terras proporcionalmente à importância de cada indivíduo. Os comerciantes foram investidos de seu comércio, e os artesãos de seus ofícios. Na cidade multiplicavam-se ruas e praças como num passe de mágica. No campo drenava-se, cercava-se, plantava-se e preparava-se a terra — e no verão seguinte a região toda tinha o dourado do trigo maduro. Tudo prosperava naquele estranho assentamento. Sobranceiro, o grande templo erguido no centro da cidade ficava cada vez mais alto e maior. Desde o primeiro clarão da aurora até descer a noite, o bater do martelo e o raspar da serra jamais estiveram ausentes do monumento construído pelos imigrantes para honrar Aquele que os conduzira a salvo através de tantos perigos.

Os dois desterrados, John Ferrier e a menina — que compartia seu destino e fora adotada como filha —, acompanharam os mórmons até o final da grande peregrinação. A pequena Lucy Ferrier foi transportada confortavelmente na carreta do Ancião Stangerson, abrigo que dividia com as três esposas do mórmon e o filho dele, um garoto teimoso, precoce, de doze anos de idade. Tendo-se recuperado, com a maleabilidade da infância, do choque provocado pela morte da mãe, em pouco tempo ela se tornara a queridinha das mulheres, adaptando-se àquela nova vida no lar móvel coberto de lona. Enquanto isso, Ferrier, recomposto de suas privações, distinguia-se como guia utilíssimo e caçador incansável. Tão depressa conquistou a estima dos novos companheiros que, quando a perambulação chegou ao fim, ficou decidido de comum acordo que John Ferrier receberia um pedaço de terra tão grande e fértil quanto os dos outros colonos, com exceção do próprio Young e de Stangerson, Kemball, Johnston e Drebber — os quatro principais Anciãos.

Sobre a fazenda assim adquirida, John Ferrier construiu um belo rancho de madeira. Ao longo dos anos esse rancho foi recebendo tantos acréscimos que acabou se transformando numa espaçosa mansão. Ferrier era homem de inteligência prática, esperto nos negócios e habilidoso com as mãos. Sua constituição férrea capacitava-o a trabalhar da manhã à noite, melhorando e cultivando as terras que recebera. Graças a isso sua fazenda, tudo o que tinha, prosperava imensamente. Em três anos ele estava melhor que os vizinhos; em seis, era próspero; em nove estava rico; e em 12 não havia meia dúzia de homens em toda Salt Lake City que pudessem comparar-se com ele em riqueza. Do grande mar interior às distantes montanhas Wahsatch, não havia nome mais conhecido que o de John Ferrier.

Havia uma coisa nele, e não mais que uma, a ofender a suscetibilidade de seus companheiros de religião. Não havia argumento, não havia ameaça capaz de induzi-lo a formar um harém à moda de seus companheiros. Ferrier negava-se a explicar a insistência de sua recusa, contentando-se em aferrar-se à sua decisão de forma resoluta e inflexível. Houve quem o acusasse de pouco entusiasmo pela religião que abraçara; outros atribuíam o fato à sede de riqueza e à relutância em incorrer em gastos. Outros, ainda, mencionavam algum antigo caso de amor e uma jovem de cabelos claros que ficara chorando por ele nas praias do Atlântico. Fosse qual fosse a razão, Ferrier permaneceu rigorosamente celibatário. Em todos os outros aspectos, submetia-se à religião da jovem colônia, por isso tinha fama de ser um ortodoxo e um homem de bem.

Lucy Ferrier cresceu no rancho ajudando o pai adotivo em todas as tarefas. O ar estimulante das montanhas e o aroma balsâmico dos pinheiros assumiram o lugar de enfermeira e de mãe da garota. À medida que passavam os anos, Lucy crescia e se fortalecia; sua face foi ficando mais corada, e seu passo mais elástico. Inúmeros peregrinos que passaram pela estrada que cruzava a fazenda de Ferrier sentiram pensamentos havia muito esquecidos ressurgirem em sua imaginação, ao ver a figurinha flexível, infantil, a atravessar os campos de trigo — ou então ao encontrá-la montando o mustangue[1] do pai, conduzindo-o com a elegância e a graça de uma autêntica filha do Oeste. Desse modo, o botão se transformou em flor. O mesmo ano que viu o pai transformar-se no mais rico dos fazendeiros também fez de Lucy o mais lindo espécime de garota americana de toda a vertente do Pacífico.

Mas não foi o pai quem primeiro descobriu que a criança havia virado mulher. Aliás, nesses casos raramente é o pai. Essa misteriosa alteração é sutil demais, gradual demais para ser medida por datas. A própria donzela é quem menos percebe o ocorrido, até que uma modulação de voz ou o contato de uma mão lhe faça disparar o coração no peito: nesse momento ela fica

1 **mustangue**: cavalo selvagem ou semisselvagem, de pequeno porte, que vive nas planícies do sudoeste norte-americano. (N.T.)

sabendo, com um misto de orgulho e medo, que uma natureza nova e mais ampla despertou dentro dela. Raras são as que não conseguem lembrar-se dessa data e evocar o minúsculo incidente que anunciou a alvorada de uma nova vida. No caso de Lucy Ferrier a ocasião foi suficientemente grave em si mesma, sem contar a enorme influência que teria sobre o destino da moça e de várias outras pessoas.

Era uma agradável manhã de junho; os Santos dos Últimos Dias trabalhavam diligentes como abelhas — cuja colmeia haviam escolhido como símbolo. Nos campos e nas ruas elevava-se o mesmo clamor da atividade humana. Pelas estradas empoeiradas desfilavam longas fileiras de mulas sobrecarregadas, todas rumando para o oeste: a febre do ouro acabara de explodir na Califórnia, e a estrada que cruzava o país passava pela cidade dos Eleitos. Também se viam rebanhos de ovelhas e novilhos vindos das pastagens próximas e grupos de imigrantes exaustos — homens e cavalos igualmente cansados da jornada interminável. Em meio a todo esse aglomerado heterogêneo, avançando com a habilidade da perfeita amazona, galopava Lucy Ferrier com o lindo rosto corado do exercício e o cabelo castanho comprido voando ao vento. Seu pai lhe confiara uma tarefa na cidade, e lá ia ela, rápida, como tantas vezes já fizera, ousada como só a juventude sabe ser, pensando apenas no que tinha a fazer e em como iria fazê-lo. Os aventureiros maltratados da viagem contemplavam-na aturdidos, e mesmo os índios, tão pouco emotivos, que frequentavam a cidade para vender suas peles, fizeram uma exceção em seu costumeiro estoicismo para admirar a beleza da pálida donzela.

Chegando aos limites da cidade, Lucy encontrou a estrada bloqueada por uma enorme manada de reses, conduzida por meia dúzia de vaqueiros das planícies de aspecto feroz. Em sua impaciência, a moça deu um jeito de vencer o obstáculo enfiando o cavalo pelo que julgou ser uma brecha entre os animais. Só que, nem bem entrara no meio da manada, já as reses fechavam o espaço atrás dela, deixando-a completamente imersa na corrente móvel de novilhos de olhos ameaçadores e longos chifres. Habituada como estava a lidar com gado, Lucy não se alarmou com a situação, tratando de aproveitar todas as oportunidades para ir avançando com o cavalo, na esperança de conseguir chegar ao outro lado do tropel. Desgraçadamente os chifres de um dos animais, por acidente ou não, entraram violentamente em contato com o flanco de seu mustangue, assustando o cavalo a ponto de deixá-lo descontrolado. Num instante ele empinou sobre as pernas traseiras soltando um bufido de fúria e começou a debater-se e corcovear, num desespero tal que qualquer cavaleiro menos experiente teria sido expelido da sela. Era uma situação cheia de perigos. Cada investida do cavalo assustado levava-o novamente de encontro aos chifres, e em decorrência o animal ficava cada vez mais descontrolado. A única coisa que a garota podia fazer era manter-se sobre a sela: um escorregão significaria uma morte terrível sob os cascos dos incontroláveis animais tomados de pânico. Sem saber o que fazer naquela emergência, Lucy começou a ficar tonta, e os punhos que continham as rédeas perderam a firmeza. Sufocada pela nuvem de pó que subia do chão e pelo vapor emanado dos corpos dos novilhos que se debatiam, talvez o desespero a fizesse desistir de lutar, não fosse uma voz amável logo atrás dela, tranquilizando-a e oferecendo-lhe ajuda. No mesmo instante uma mão nervosa, morena, segurou pelo freio o cavalo apavorado e, abrindo caminho entre a manada, em pouco tempo conduziu Lucy para fora do tumulto.

— A senhorita está bem? Não se machucou? — perguntou o salvador, respeitosamente.

Lucy olhou para seu rosto moreno, valente, e riu com gosto.

— Estou terrivelmente assustada — admitiu ingenuamente. — Quem podia imaginar que o Poncho ia se apavorar desse jeito com um bando de vacas?

— Graças a Deus a senhorita não caiu — disse o outro, emocionado. Era um rapaz alto, vigoroso, montado num respeitável ruão, vestido com os trajes rústicos de caçador e equipado com um longo rifle que levava a tiracolo.

— Você é a filha de John Ferrier, imagino — observou. — Vi quando saiu galopando da casa dele. Pergunte-lhe se está lembrado da família de Jefferson Hope, de Saint Louis. Se for o mesmo Ferrier, meu pai e ele eram muito amigos.

— Não é melhor você mesmo ir lá em casa perguntar? — disse a garota, compenetrada.

O rapaz pareceu gostar da ideia, e seus olhos escuros chisparam de prazer.

— É o que vou fazer — disse. — Passamos dois meses nas montanhas, não estamos em condições de fazer visitas. Ele vai ter que nos aceitar do jeito que estamos.

— Ele tem muito a lhe agradecer. Eu também — respondeu ela. — Ele me adora. Se aquelas vacas tivessem me pisoteado, ele nunca ia se recuperar.

— Nem eu — disse o rapaz.

— Você?! Bom, acho que para você não ia fazer muita diferença, de todo jeito. Nem nosso amigo você é!

O rosto do jovem caçador ficou com uma expressão tão decepcionada com essa observação que Lucy Ferrier achou graça.

— Desculpe, não tive a intenção — disse ela. — Claro, agora você é um amigo. Venha nos visitar. Preciso ir já, senão papai não vai mais querer que eu o ajude nos negócios. Até logo!

— Até logo — respondeu ele, erguendo o chapéu de abas largas e inclinando-se sobre a mãozinha dela. Lucy fez meia-volta com o cavalo, deu-lhe um cutucão com o relho e saiu zunindo pela estrada ampla numa nuvem de pó.

O jovem Jefferson Hope seguiu em frente com os companheiros, distraído e taciturno. Ele e os outros haviam percorrido as montanhas de Nevada em busca de prata e então voltavam a Salt Lake City na esperança de conseguir dinheiro suficiente para explorar as jazidas que haviam encontrado. Até a ocorrência do súbito incidente, estava tão entusiasmado quanto os companheiros em relação ao empreendimento; naquele momento, porém, seus pensamentos haviam derivado para outro canal. A visão da linda garota, direta e saudável como as aragens da Sierra, abalara seu coração vulcânico, indomado, até as raízes. Nem bem ela desaparecia da sua vista e já ele se dava conta de que sua vida chegara a um impasse, que nenhuma especulação, fosse com prata, fosse outra qualquer, poderia ser tão importante para ele quanto essa outra — nova e totalmente empolgante. O amor que brotara em seu coração não era o capricho súbito e efêmero de um menino, mas a paixão incontida, feroz, de um homem de temperamento forte e índole imperiosa. Estava habituado a realizar o que empreendia. Jurou para si mesmo que, caso esforço humano e perseverança humana bastassem, tampouco agora haveria de fracassar.

Naquela noite foi à propriedade de John Ferrier e voltou muitas outras vezes, até seu rosto tornar-se familiar na casa da fazenda. Encerrado no vale e envolvido com seu trabalho, John tivera poucas possibilidades, nos últimos 12 anos, de informar-se sobre as novidades do mundo lá fora. Jefferson Hope foi-lhe contando tudo, e o fazia num estilo que interessava tanto Lucy como seu pai. Fora pioneiro na Califórnia e podia contar muitos casos bizarros de fortunas ganhas e perdidas naqueles tempos felizes e heroicos. Também já fora explorador, caçador de peles, garimpeiro de prata, criador de gado. Onde houvesse aventuras estimulantes a viver, para lá ia Jefferson Hope. Em pouco tempo o jovem conquistou a afeição do velho fazendeiro, que não poupava elogios a suas virtudes. Nessas ocasiões Lucy permanecia em silêncio, porém seu rosto corado e seus olhos brilhantes, felizes, deixavam ver sem a sombra de uma dúvida que seu jovem coração já não lhe pertencia. Talvez o pai, em sua simplicidade, não tivesse observado aqueles sintomas, mas certamente com o homem que conquistara seu afeto estes não eram desperdiçados.

Certa noite de verão esse homem desceu a estrada a galope e estacou à porteira do rancho. Lucy, que estava no alpendre, foi andando ao encontro dele. Depois de amarrar as rédeas à cerca, ele avançou pelo caminho que levava à casa.

— Estou de partida, Lucy — disse, tomando nas suas as mãos dela e contemplando seu rosto com ternura. — Não vou pedir-lhe que venha comigo agora, mas quando eu voltar... você quer partir comigo?

— E quando você volta? — perguntou ela, rindo e enrubescendo.

— Daqui a dois meses, no máximo. Volto e busco você, minha querida. Ninguém no mundo poderá separar-nos.

— E meu pai? — perguntou ela.

— Ele já deu seu consentimento, com a condição de que as tais minas comecem a produzir. Com ele já está resolvido.

— Bom, claro; se você e papai já combinaram tudo, não há mais nada a dizer — murmurou a moça, apoiando o rosto no peito largo do rapaz.

— Graças a Deus! — disse ele, com voz rouca, inclinando-se para beijá-la. — Está combinado, então. Quanto mais ficar aqui, mais difícil será ir embora. Os outros estão me esperando no desfiladeiro. Adeus, querida do meu coração, adeus. Nos vemos daqui a dois meses.

Assim falando, ele se afastou dela e pulou na sela, distanciando-se num galope furioso sem voltar a cabeça uma vez sequer, como se tivesse medo de que sua determinação o abandonasse caso visse o que deixava para trás. Lucy ficou na porteira, olhando-o ir-se até ele desaparecer na distância. Depois voltou para casa sentindo-se a garota mais feliz de todo o Utah.

X

JOHN FERRIER FALA COM O PROFETA

Três semanas se haviam passado desde o dia em que Jefferson Hope e seus companheiros deixaram Salt Lake City para trás. O coração de John Ferrier ficava dolorido dentro do peito sempre que ele pensava na volta do rapaz e na perda iminente da filha adotiva. Ao ver a expressão radiosa e feliz da garota, porém, reconciliava-se com o combinado — para ele esse era o argumento mais forte. Ferrier sempre estivera decidido, no fundo de sua alma resoluta, a jamais permitir o casamento da filha com um mórmon. Para ele aquilo não seria casamento, mas uma vergonha e uma desgraça. Independentemente do que pudesse achar das doutrinas mórmons, nisso ele era inflexível. Só que era obrigado a calar-se sobre o assunto, pois naquele tempo era perigoso exprimir pontos de vista não ortodoxos na Terra dos Santos.

Perigoso, sim — tão perigoso que o máximo que os mais santos dentre os Santos se atreviam a fazer era sussurrar suas opiniões religiosas contendo a respiração, temendo dizer algo que pudesse ser mal interpretado e provocasse retaliações fulminantes. As antigas vítimas da perseguição haviam-se transformado em perseguidores por própria conta e risco — e perseguidores da pior espécie. A Inquisição de Sevilha, o Vehmgericht alemão, as Sociedades Secretas da Itália — nada disso jamais foi capaz de acionar um mecanismo tão formidável quanto aquele, responsável pela sombra que encobria o estado do Utah.

Sua invisibilidade e o mistério que a cercava faziam dessa organização algo duplamente terrível. Ela parecia ser onisciente e onipotente, embora não fosse vista nem ouvida. O homem que se insurgia contra a Igreja simplesmente sumia, e ninguém ficava sabendo para onde fora ou o que lhe acontecera. A esposa e os filhos ficavam em casa à espera, mas pai algum jamais voltou para contar à família qual o tratamento recebido nas mãos dos juízes secretos. Uma palavra áspera ou uma ação impensada resultavam em aniquilação, embora não se soubesse qual era a natureza dessa força terrível que pendia sobre as cabeças de todos. Era compreensível, portanto, que os homens vivessem a tremer de medo e que nem no meio do deserto ousassem murmurar as dúvidas que os oprimiam.

No início, essa força vaga e terrível se desencadeara unicamente sobre os recalcitrantes que, tendo abraçado a fé mórmon, depois decidiam desvirtuá-la ou abandoná-la. Em pouco tempo, porém, ela foi ficando mais abrangente. O suprimento de mulheres adultas estava escasseando; ora, poligamia sem população feminina suficiente era uma doutrina para lá de aborrecida. Estranhos boatos começaram a circular... Boatos sobre imigrantes assassinados e acampamentos exterminados em regiões onde jamais se ouvira falar da existência de índios. Mulheres novas apareciam nos haréns dos Anciãos — mulheres que se consumiam e choravam e que traziam nos rostos as marcas de um horror que jamais se extinguia. Os andarilhos que se demoravam nas montanhas falavam de encontros com quadrilhas de homens armados, mascarados, furtivos e silenciosos esgueirando-se na escuridão. Esses casos e boatos assumiram matéria e forma e foram corroborados e recorroborados até confluírem para um nome bem definido. Até hoje nos ranchos solitários do Oeste mencionar o Bando de Danite[2] ou os Anjos Vingadores é uma evocação sinistra e de mau agouro.

Um maior conhecimento da organização que produzia resultados tão terríveis aumentava, ao invés de atenuar, o horror que ela inspirava nas pessoas. Não se sabia quem eram os membros daquela impiedosa sociedade. Os nomes dos participantes dos

2 **Bando de Danite**: milícia mórmon do século XIX. (N.E.)

atos de sangue e violência praticados em nome da religião eram mantidos no mais profundo segredo. O mesmo amigo a quem você confiava as dúvidas que nutria em relação ao Profeta e sua missão podia ser um dos que surgiam à noite munidos do fogo e da espada para infligir uma terrível reparação. Por isso todo homem temia seu vizinho, e ninguém mencionava as coisas que mais de perto lhe tocavam o coração.

Uma bela manhã John Ferrier preparava-se para partir para seus campos de trigo quando ouviu que abriam a porteira; chegando à janela viu um homem de meia-idade, reforçado, de cabelo ruivo, avançando em direção à casa. Sentiu o coração dar um pulo: aquele não era outro senão o grande Brigham Young em pessoa. Na maior agitação — pois sabia que nada de bom poderia resultar daquela visita —, Ferrier correu até a porta para receber pessoalmente o chefe mórmon. Este último, porém, acolheu friamente suas saudações e seguiu o dono da casa até a sala de estar com uma expressão severa no rosto.

— Irmão Ferrier — disse, tomando assento e encarando insistentemente o fazendeiro por baixo das pálpebras pálidas —, os autênticos fiéis têm sido bons amigos para você. Você estava morrendo de fome no deserto e nós o recolhemos, repartimos com você nossos alimentos, o conduzimos a salvo para o Vale Prometido, demos-lhe um belo pedaço de terra e permitimos que você ficasse rico sob nossa proteção. Tudo isso não é verdade?

— É verdade — respondeu John Ferrier.

— E em troca disso tudo só exigimos uma coisa: que você abraçasse a fé verdadeira e acatasse seus hábitos relativamente a todas as coisas. Você prometeu que seria assim e no entanto, se o que todos dizem é verdade, não cumpriu.

— Como assim, não cumpri? — perguntou Ferrier, abrindo os braços sem entender. — Por acaso não contribuí para o fundo comum? Não frequentei o Templo? Não...

— Onde estão suas esposas? — perguntou Young, olhando em volta. — Chame-as, para que eu possa cumprimentá-las.

— É verdade que não casei — respondeu Ferrier. — Mas as mulheres estavam escassas, e havia muitos com melhores argumentos que eu. Eu não era um homem só, tinha minha filha para atender a minhas necessidades.

— É dessa filha que desejo falar-lhe — disse o líder dos mórmons. — Ela cresceu e se transformou na flor do Utah, despertando o interesse de muita gente importante.

John Ferrier gemeu por dentro.

— Ouvem-se histórias a respeito dela nas quais prefiro não acreditar. Dizem que está comprometida com um gentio. Deve ser intriga de quem não tem o que fazer. Qual é o 13º mandamento do código do santíssimo Joseph Smith? "Que todas as donzelas da fé verdadeira se casem com um dos eleitos; porque, caso se una a um gentio, estará cometendo um pecado grave." Sendo assim, é impossível que você, que é um fiel do santo credo, possa aceitar que sua filha venha a violá-lo.

John Ferrier não respondeu, mas ficou brincando nervosamente com a chibata.

— Através desse único ponto, a totalidade de sua fé será testada. Assim ficou decidido no Sagrado Conselho dos Quatro. A garota é jovem, e não haveríamos de querer que se casasse com um homem mais velho; tampouco queremos impedi-la totalmente de optar. Nós, Anciãos, temos muitas bezerras[3], mas nossos filhos também precisam ser atendidos. Stangerson tem um filho, Drebber tem um filho; ambos ficariam felizes de receber sua filha em suas casas. Ela que escolha um dos dois. São jovens, ricos, e professam a fé verdadeira. O que você tem a dizer disso?

Ferrier ficou em silêncio durante algum tempo, de cenho franzido.

— Dê-nos tempo — acabou dizendo. — Minha filha é muito jovem... praticamente nem está em idade de casar.

— Ela tem um mês para decidir — disse Young, levantando-se. — Passado esse tempo, vai ter que dar uma resposta.

O Profeta já saía pela porta quando de repente se virou, de rosto inflamado e olhos enfurecidos.

— Seria preferível, John Ferrier — trovejou —, que você e ela fossem hoje esqueletos castigados pelo sol na Sierra Blanca do que contrapor os pobres desejos de vocês às determinações dos Quatro Sagrados.

3 Heber C. Kemball, em um de seus sermões, refere-se a suas cem esposas com esse epíteto carinhoso. (N.A.)

Fazendo com a mão um gesto ameaçador, transpôs a porta. Ferrier ouviu o ranger de seus passos duros afastando-se pela trilha de cascalho.

O fazendeiro continuava sentado com os cotovelos apoiados nos joelhos, pensando na forma de expor à filha o acontecido, quando uma mão suave veio pousar sobre a sua. Levantando os olhos, viu Lucy em pé a seu lado. Bastou um olhar para seu rosto pálido, assustado, para informá-lo de que ela ouvira a conversa.

— Não pude evitar — disse ela, respondendo ao olhar que ele lhe lançou. — A voz dele ecoava pela casa. Ah, pai, pai, o que vamos fazer?

— Não entre em pânico — respondeu ele, puxando-a para si e passando a mão grande e áspera sobre o cabelo castanho dela. — Vamos tratar de inventar alguma coisa. Você não está sentindo seu afeto por aquele rapaz diminuir, não é mesmo?

Um soluço e uma pressão na mão dele foram a única resposta.

— Não, claro que não. Eu não ia gostar de ouvir você dizer o oposto. Ele é um rapaz direito e é cristão, melhor que essa gente daqui, com todas as suas rezas e sermões. Amanhã sai uma caravana para Nevada, vou dar um jeito de mandar um recado a ele contando a complicação em que estamos. Se é que o conheço, ele volta para cá mais depressa que o telégrafo elétrico.

Em meio às lágrimas, Lucy riu da comparação do pai.

— Quando ele chegar, vai dizer-nos o que fazer. Mas é por você que tenho medo, querido. A gente ouve falar... ouve falar tantas coisas horríveis sobre as pessoas que se opõem ao Profeta: sempre lhes acontece alguma coisa pavorosa.

— Mas ainda não nos opusemos a ele — argumentou o pai. — Quando nos opusermos, terá chegado o momento de tomar cuidado. Temos um mês sem problemas diante de nós; no fim desse período, acho que é melhor dar o fora do Utah.

— Deixar o Utah?!

— Não vai haver outro jeito.

— Mas e a fazenda?

— Vamos transformar tudo o que pudermos em dinheiro e deixar o resto para trás. Para falar a verdade, Lucy, não é a primeira vez que penso em fazer isso. Não gosto dessa história de andar dobrando o joelho para homem algum, como eles fazem com o desgraçado do Profeta deles. Sou um americano que nasceu livre, e tudo isso é novidade para mim. Acho que já estou velho demais para aprender. Se ele vier se meter conosco aqui na fazenda, pode acontecer de ele encontrar uma rajada de chumbo voando na direção dele.

— Mas eles não vão deixar a gente ir embora — argumentou a filha.

— Espere o Jefferson chegar e a gente dá um jeito nisso. Enquanto ele não chega, pare de se atormentar, minha querida, não vá ficar com os olhos inchados, senão ele fica zangado comigo. Não há nada a temer, não há perigo algum.

John Ferrier pronunciou essas palavras consoladoras num tom muito confiante, mas Lucy não pôde deixar de observar que naquela noite ele trancou as portas com um cuidado todo especial e que depois limpou e carregou cuidadosamente o velho rifle enferrujado pendurado à parede de seu quarto.

XI

FUGINDO PARA SALVAR A VIDA

Na manhã que se seguiu a essa entrevista com o Profeta dos mórmons, John Ferrier foi a Salt Lake City e procurou o conhecido que partia rumo às Montanhas Nevadas, a quem confiou uma mensagem para Jefferson Hope. Na mensagem ele descrevia ao rapaz o perigo iminente que os ameaçava e lhe dizia que era preciso que voltasse. Feito isso, sentiu-se aliviado e retornou para casa com o coração mais leve.

Ao se aproximar da fazenda, surpreendeu-o a visão de um cavalo amarrado a cada viga da porteira. Mais surpreso ficou ao entrar e ver dois rapazes instalados em sua sala de estar. Um deles, de rosto longo e comprido, estava recostado na cadeira de balanço com os pés apoiados no aquecedor. O outro, um jovem com pescoço taurino e feições grosseiras, inchadas, estava em pé diante da janela com as mãos nos bolsos assobiando um hino conhecido. Ambos cumprimentaram Ferrier com a cabeça quando este entrou, e o que estava na cadeira de balanço deu início à conversa.

— Talvez o senhor não saiba quem somos — disse. — Este é o filho do Ancião Drebber; eu sou Joseph Stangerson, que viajou com vocês no deserto quando o Senhor estendeu Sua mão e os reuniu ao rebanho dos justos.

— Como fará com todas as nações em seu devido tempo — disse o outro com voz anasalada. — O Senhor mói devagar, mas sua farinha é muito fina.

John Ferrier inclinou-se com frieza. Já havia adivinhado quem eram os visitantes.

— Viemos — continuou Stangerson — a conselho de nossos pais, para solicitar a mão de sua filha para aquele dentre nós que o senhor e ela considerarem adequado. Como tenho apenas quatro esposas e o irmão Drebber sete, parece-me que minha solicitação tem mais peso.

— Nada disso, irmão Stangerson — exclamou o outro. — A questão não é saber quantas esposas temos, mas quantas esposas temos condições de manter. Meu pai acaba de me dar seus moinhos: de nós dois, sou o mais rico.

— Mas minhas perspectivas são mais promissoras — disse o outro, enfático. — Quando o Senhor recolher meu pai, seu curtume e sua fábrica de couro serão meus. Além disso, sou mais velho e ocupo uma posição mais alta na Igreja.

— A decisão cabe à donzela — rematou o jovem Drebber, sorrindo para o próprio reflexo no espelho. — Deixemos que ela decida.

Durante esse diálogo John Ferrier ficara a olhar da entrada, furioso, contendo com dificuldade o desejo de aplicar a chibata às costas dos dois visitantes.

— Escutem — disse afinal, aproximando-se deles —, quando minha filha chamá-los, os senhores podem vir, mas até esse momento não quero voltar a vê-los por aqui.

Os dois jovens mórmons fitaram-no tomados de espanto. Para eles, aquela disputa entre os dois pela mão da moça era o mais alto privilégio tanto para ela como para o pai.

— Há duas maneiras de sair desta sala — gritou Ferrier. — Pela porta ou pela janela. Escolham.

O rosto moreno parecia tão enfurecido e as mãos magras tão ameaçadoras que os dois visitantes se puseram de pé num pulo e bateram em retirada o mais depressa que puderam. O velho fazendeiro seguiu-os até a porta.

— Avisem-me quando tiverem chegado a uma conclusão sobre quem é o melhor dos dois! — disse com sarcasmo.

— Engraçadinho! — exclamou Stangerson, branco de ódio. — Você desafiou o Profeta e o Conselho dos Quatro. Há de se arrepender até o fim de seus dias.

— A mão do Senhor irá pesar sobre sua cabeça — gritou o jovem Drebber. — Ele há de se abater sobre você para pulverizá-lo.

— Nesse caso vou começar imediatamente a pulverização — concluiu Ferrier, furioso, e teria corrido para o quarto em busca do rifle, se Lucy não o pegasse pelo braço, tratando de contê-lo. Antes que conseguisse escapar, os cascos dos cavalos batendo na estrada informaram-no de que os visitantes já estavam fora de alcance.

— Que animais! — exclamou, enxugando o suor da testa. — Eu preferiria ver você no túmulo, minha menina, do que mulher de qualquer dos dois.

— Eu também, pai — respondeu ela com ardor —, mas logo Jefferson estará aqui.

— É. Não demora ele chega. Quanto antes melhor, pois não sabemos qual a próxima jogada deles.

De fato, já era tempo que alguém em condições de aconselhar e ajudar socorresse o velho e rijo fazendeiro e sua filha adotiva. Em toda a história da colônia jamais se ouvira falar em caso igual, de desobediência flagrante à autoridade dos Anciãos. Se erros menores eram punidos com tanta severidade, qual seria o castigo desse arquirrebelde? Ferrier sabia que sua riqueza e importância de nada lhe serviriam. Outros antes dele, igualmente ricos e conhecidos, se haviam evaporado, com seus bens doados à Igreja. Era um homem valente, mas tremia ao pensar nos horrores indefinidos, obscuros, que o esperavam. Os perigos conhecidos era capaz de enfrentar sem vacilar, mas aquela tensão era desesperadora. Procurava, no entanto, esconder da filha seus temores, fingindo atribuir pouca importância à história toda; ela, porém, com o olhar perceptivo do amor, via claramente que ele estava preocupado.

Ferrier esperava receber alguma mensagem ou orientação de Young quanto ao caminho a seguir — e não estava enganado, embora essa mensagem tivesse chegado de modo inesperado. Ao levantar-se, certa manhã, encontrou, para sua surpresa, um quadradinho de papel pregado à colcha da cama, bem em cima de seu peito. No papel estava escrito em letras grosseiras, incertas:

> Vinte e nove dias lhe são concedidos para emendar-se, senão...

As reticências eram muito mais atemorizantes que qualquer ameaça. Como aquele aviso tinha ido parar dentro de seu quarto? John Ferrier estava profundamente intrigado, pois seus empregados dormiam num pavilhão externo à casa e todas as portas e janelas haviam sido trancadas. Amassou o papel e nada mencionou à filha, mas o incidente deixou-o com um arrepio de pânico por dentro. Os 29 dias eram, evidentemente, o saldo do mês prometido por Young. Que fortaleza, que coragem invocar para fazer frente a um inimigo armado com poderes tão misteriosos? A mão que prendera o papel à colcha poderia ter apunhalado seu coração, e ele jamais teria sabido quem lhe tirara a vida.

Ainda mais abalado ficou na manhã seguinte. Acabara de sentar-se para tomar café com a filha quando Lucy, com um grito de surpresa, apontou para cima. No centro do teto estava rabiscado — aparentemente com um graveto queimado — o número 28. Para a filha era uma coisa ininteligível, e ele nada lhe explicou. Passou a noite sentado com o rifle, montando guarda. Nada viu, nada ouviu; mesmo assim, na manhã seguinte havia um grande 27 pintado do lado de fora da porta.

E assim foi, dia após dia. Tão certo como a chegada da manhã, ele constatava que seus impalpáveis inimigos mantinham o registro em dia, anotando em algum lugar bem visível quantos dias restavam do mês de prazo. Às vezes os algarismos fatais apareciam nas paredes, às vezes no assoalho, ocasionalmente em tabuletas presas no portão do jardim ou na cerca. Por mais que vigiasse, John Ferrier jamais descobriu de onde surgiam aqueles avisos diários. Um horror quase supersticioso tomava conta dele ao vê-los. Ficou abatido e inquieto, e seus olhos adquiriram a expressão perturbada da criatura acossada. Agora ele só tinha uma esperança na vida — que o jovem caçador chegasse de Nevada.

O número vinte já passara a 15 e o 15 a dez sem que chegassem notícias do viajante. Um a um, os números decresciam e nada de Hope. Toda vez que um cavaleiro passava trotando pela estrada ou que um cocheiro gritava com seus animais, o velho fazendeiro corria até a porteira, convencido de que finalmente estava chegando ajuda. No fim, ao ver o número cinco ser substituído pelo quatro, depois este último pelo três, desanimou e perdeu qualquer esperança de fuga. Sozinho e com seus limitados conhecimentos das montanhas que cercavam o assentamento, sabia que estava à mercê do inimigo. As estradas mais frequentadas eram rigorosamente vigiadas e guardadas, e ninguém podia passar sem ordem do Conselho. Para onde quer que se voltasse, parecia não haver maneira de evitar o golpe que o ameaçava. Nem assim, porém, o velho fraquejou em sua decisão de perder a própria vida antes de dar seu consentimento a algo que considerava a desonra da filha.

Uma noite ele estava sentado sozinho, profundamente imerso em seus problemas e procurando em vão alguma forma de fugir deles — naquela manhã o número dois aparecera na parede de sua casa —; o dia seguinte seria o último do prazo que lhe fora concedido. O que aconteceria em seguida? Sua imaginação estava repleta de todos os tipos de imagens indefinidas e terríveis. E sua filha — o que seria dela depois que ele se fosse? Não haveria um jeito de fugir da rede invisível que fora estendida em torno deles? Ferrier deixou cair a cabeça sobre a mesa e soluçou ao pensar na própria impotência.

O que era aquilo? No silêncio, ouviu um leve ruído, um raspar indefinido... baixo, mas muito nítido no silêncio da noite. Vinha da porta da casa. Ferrier deslizou para o vestíbulo e pôs-se a ouvir atentamente. Houve um intervalo de alguns momentos, e ouviu-se novamente o barulhinho insidioso. Era evidente que alguém batia de leve a uma das folhas da porta. Seria algum assassino noturno vindo para executar as ordens homicidas do tribunal secreto? Ou algum enviado registrando a chegada do último dia do prazo? John Ferrier sentiu que uma morte instantânea seria preferível à indefinição que lhe abalava os nervos e gelava o coração. Dando um salto à frente, soltou o ferrolho e escancarou a porta.

Fora estava tudo calmo e quieto. Era uma bela noite, e as estrelas brilhavam intensamente no céu. O jardinzinho fronteiro à casa estendia-se diante dos olhos do fazendeiro, limitado pela cerca e pelo portão; no jardim e na estrada, porém, não se via viva alma. Com um suspiro de alívio, Ferrier olhou de um lado para outro; depois, descuidado, voltou o olhar para os próprios pés. Nesse momento, tomado de espanto, viu um homem estendido de bruços no chão, com os braços e as pernas abertos.

A visão abalou-o de tal modo que ele teve de apoiar-se à parede com a mão na garganta para conter a vontade de gritar. O primeiro pensamento que lhe ocorreu foi que a figura prostrada era a de um homem ferido ou moribundo, mas enquanto olhava viu o homem entrar rastejando no vestíbulo, rápido, sem fazer ruído, como uma serpente. Uma vez dentro de casa, o homem pôs-se em pé de um salto, fechou a porta e revelou ao atônito fazendeiro o rosto audaz e decidido de Jefferson Hope.

— Deus meu! — arquejou John Ferrier. — O susto que você me pregou! O que lhe deu na cabeça para entrar desse jeito?

— Me dê algo para comer — disse o outro com voz rouca. — Há quarenta e oito horas não tenho tempo para comer coisa alguma.

Hope atirou-se sobre a carne fria e o pão do jantar do dono da casa, que ainda estavam sobre a mesa, e num instante devorou tudo.

— Lucy está suportando bem? — perguntou, satisfeita a fome.

— Está. Desconhece o perigo — respondeu o pai.

— Tanto melhor. A casa está vigiada por todos os lados. Foi por isso que tive de rastejar até aqui. Eles podem ser espertos, mas não suficientemente espertos para apanhar um caçador *Washoe*[4].

John Ferrier sentia-se outro homem, agora que se dava conta de ter um amigo devotado. Pegando a mão rija do rapaz, sacudiu-a cordialmente.

— Você é um homem de quem uma pessoa pode se orgulhar — disse. — Não há muitos que teriam vindo aqui partilhar nossos problemas e nossos perigos.

— Isso é verdade, companheiro — respondeu o jovem caçador. — Tenho muito respeito pelo senhor, mas se o senhor estivesse sozinho na história eu ia pensar duas vezes antes de enfiar a cabeça nesse ninho de vespas. É Lucy quem me traz aqui, e antes que algo de mau lhe aconteça acho que vai ser preciso um Hope a menos no Utah.

— O que vamos fazer?

— Amanhã é o último dia. Se vocês não agirem hoje, estão perdidos. Tenho uma mula e dois cavalos à nossa espera na Ravina da Águia. Quanto dinheiro o senhor tem?

4 ***Washoe***: oriundo do condado de mesmo nome, no noroeste do estado de Nevada. (N.T.)

— Dois mil dólares em ouro e cinco mil em notas.

— Dá. Eu tenho outro tanto. Temos que chegar a Carson City através das montanhas. É melhor o senhor acordar Lucy. É uma vantagem os empregados não dormirem na casa.

Enquanto Ferrier preparava a filha para a viagem iminente, Jefferson Hope acondicionava num pequeno volume todos os comestíveis que conseguiu encontrar e encheu de água um cantil, pois sabia por experiência própria que a montanha tinha poucos poços, muito espaçados. Mal concluíra esses preparativos, o fazendeiro voltava com a filha já vestida e pronta para partir. O encontro dos dois amantes foi carinhoso, só que breve, pois os minutos eram preciosos e havia muito a fazer.

— É preciso partir imediatamente — disse Jefferson Hope, falando baixo, mas em tom decidido, como uma pessoa que se dá conta da extensão do perigo e que endureceu o coração para enfrentá-lo. — As entradas da frente e dos fundos estão vigiadas. Com cuidado podemos conseguir escapar pela janela lateral e atravessar os campos. Uma vez na estrada, estaremos a apenas três quilômetros da ravina onde nos esperam os cavalos. Ao nascer do dia já estaremos a meio caminho entre as montanhas.

— E se nos pararem? — perguntou Ferrier.

Hope bateu com a mão aberta no revólver que formava uma protuberância na parte da frente de sua túnica.

— Se eles forem demais para nós, pelo menos levamos conosco uns dois ou três — disse com um sorriso sinistro.

Todas as luzes da casa haviam sido apagadas; da janela escura Ferrier olhou para fora, para os campos que haviam sido seus e que agora ia abandonar para sempre. Mas havia muito se preparara para o sacrifício; a esperança de poder dar honra e felicidade à filha sobrepujava qualquer pesar que pudesse sentir com a ruína de seus bens. Tudo parecia tão tranquilo e harmonioso, com o vento balançando as folhas e a amplidão e o silêncio das lavouras, que era difícil admitir que por trás daquilo espreitava o espírito do homicídio. Entretanto, bastava olhar o rosto pálido e a expressão preocupada do jovem caçador para acreditar que aproximando-se da casa ele vira o suficiente para convencer-se quanto a esse ponto.

Ferrier levava a bolsa com o ouro e as cédulas, Jefferson Hope ia com as minguadas provisões e a água, e Lucy tinha uma trouxinha com alguns dos bens que mais prezava. Abrindo a janela muito devagar, com todo o cuidado, esperaram até uma nuvem escura tornar a noite um pouco mais sombria; nesse momento, um a um, pularam para o jardinzinho. Contendo a respiração, encolhendo o corpo, atravessaram-no aos tropeções e chegaram ao abrigo da cerca, que foram seguindo até atingir a abertura que dava para o campo cultivado. Tinham acabado de chegar a essa abertura quando o rapaz agarrou os dois companheiros e os arrastou para baixo, até a sombra, onde os três ficaram agachados em silêncio, tremendo.

A vida nas pradarias dera a Jefferson Hope ouvidos de lince, e foi isso que os salvou. Ele e seus amigos mal se haviam agachado e já se ouvia a poucos metros de distância o pio melancólico da coruja-da-montanha, imediatamente respondido por outro pio, bem perto dali. No mesmo instante uma silhueta indistinta, sombria, emergiu da abertura para onde o grupo estava se dirigindo e emitiu mais uma vez o sinal lúgubre, que provocou o surgimento de um segundo homem.

— Amanhã à meia-noite — disse o primeiro, que parecia estar no comando. — Quando o noitibó[5] cantar três vezes.

— Está bem — retrucou o outro. — Aviso o irmão Drebber?

— Passe a ele a informação, e que ele passe aos outros. Nove por sete!

— Sete por cinco! — repetiu o outro; e os dois personagens afastaram-se em direções opostas. Suas últimas palavras eram, evidentemente, uma espécie de senha e contrassenha.

Assim que os passos deles se perderam na distância, Jefferson Hope levantou-se de um salto e ajudou os companheiros a passar pela abertura da cerca. Em seguida conduziu-os pelos campos, correndo o mais depressa que podia, apoiando a garota, quase carregando-a quando ela pareceu perder as forças.

— Depressa! Depressa! — ofegava de vez em quando. — Estamos atravessando o cinturão de sentinelas. Tudo depende de nossa velocidade. Depressa!

5 **noitibó**: ave de hábitos noturnos que se alimenta de insetos. (N.E.)

Uma vez na estrada, começaram a avançar rapidamente. Só uma vez encontraram alguém — e conseguiram entrar num campo e evitar o reconhecimento. Antes de chegarem à cidade, o caçador embarafustou por uma trilha estreita que levava às montanhas. Dois picos escuros, recortados, erguiam-se acima deles na escuridão, e o desfiladeiro que passava entre os dois era a Ravina da Águia, onde os esperavam as montarias. Com instinto certeiro, Jefferson Hope ia encontrando o caminho entre as pedras enormes e ao longo do leito de um riacho seco, até chegar ao recanto retirado, protegido pelas rochas, onde os fiéis animais haviam sido amarrados. A garota foi instalada na mula, e o velho Ferrier, com a bolsa de dinheiro, em um dos cavalos, enquanto Jefferson Hope montava o outro, guiando-o pela trilha escarpada e perigosa.

Era uma estrada apavorante para uma pessoa não habituada a encarar a Natureza em seus aspectos mais selvagens. A um lado, um penhasco monumental erguia-se a trezentos metros ou mais — negro, majestoso e ameaçador, com longas colunas de basalto sobre a superfície áspera, como as costelas de um monstro petrificado. Do outro lado, um verdadeiro caos de penedos e entulho impossibilitava qualquer avanço. Entre os dois passava a trilha irregular, por vezes tão estreita que eles tinham de avançar em fila indiana, e tão acidentada que só cavaleiros muito experientes podiam percorrê-la. Mesmo assim, a despeito de todos os perigos e dificuldades, os corações dos fugitivos estavam leves, pois cada passo aumentava a distância que os separava do terrível despotismo de que fugiam.

Logo depois, porém, puderam comprovar que ainda estavam dentro da jurisdição dos Santos. Haviam atingido a parte mais selvagem e desolada do desfiladeiro quando a garota deu um grito de susto e apontou para cima. Num penhasco sobranceiro à trilha, destacando-se negra e nítida contra o céu, via-se uma sentinela solitária. O homem os viu ao mesmo tempo que eles perceberam sua presença; seu brado militar de "Quem vai lá?" ecoou pela ravina silenciosa.

— Viajantes para Nevada — disse Jefferson Hope com a mão pousada no rifle que trazia pendurado à sela.

Podiam ver o vigia solitário empunhando o revólver e olhando para baixo, aparentemente pouco convencido da resposta.

— Com licença de quem? — perguntou.

— Dos Quatro Sagrados — respondeu Ferrier. Suas experiências entre os mórmons lhe haviam ensinado que essa era a autoridade máxima a que podia se referir.

— Nove por sete — gritou a sentinela.

— Sete por cinco — replicou prontamente Jefferson Hope, lembrando-se da contrassenha ouvida no jardim.

— Passem, e que o Senhor os acompanhe — disse a voz vinda do alto. Transposto aquele ponto, a trilha se alargava, e os cavalos puderam seguir a trote. Olhando para trás, os três puderam ver a sentinela solitária apoiada na arma e perceberam que haviam superado o posto avançado do povo eleito. Diante deles estava a liberdade.

XII

OS ANJOS VINGADORES

A noite inteira eles avançaram por emaranhados de desfiladeiros e trilhas irregulares cobertas de pedras. Mais de uma vez se perderam, mas, graças à profunda familiaridade de Hope com aquelas montanhas, sempre reencontravam a rota. Com o romper da aurora descortinaram uma cena de intensa beleza, maravilhosa e selvagem. Para qualquer lado que olhassem, viam a rodeá-los imensos cimos cobertos de neve, amontoados, como espiando por cima dos ombros uns dos outros para ver o horizonte ao longe. As encostas rochosas que os flanqueavam eram tão íngremes que o lariço e o pinheiro pareciam estar pendurados sobre suas cabeças, dando a impressão de que a qualquer aragem poderiam despencar e rolar para cima deles. Esse, aliás, não era um temor totalmente injustificado, pois o vale árido estava cheio de árvores e enormes calhaus que haviam rolado exatamente dessa maneira. Justo quando passavam, uma pedra imensa veio abaixo com estrondo, estrepitosamente, despertando os ecos nas gargantas silenciosas e assustando os cavalos fatigados, que romperam no galope.

À medida que o sol foi subindo lentamente do horizonte leste, os topos das grandes montanhas se iluminaram um após outro, como lâmpadas numa festa, até todos ficarem vermelhos e cintilantes. O espetáculo magnífico fortaleceu os corações dos três fugitivos, enchendo-os de novas energias. Junto a uma torrente que rompia com força de uma das ravinas, o grupo parou e deu de beber aos cavalos, aproveitando para fazer uma rápida refeição matutina. Lucy e o pai teriam repousado um pouco mais, mas Jefferson Hope foi inflexível.

— A estas alturas eles já devem estar atrás de nós — disse. — Tudo vai depender de nossa velocidade. Uma vez a salvo em Carson, podemos descansar o resto das nossas vidas.

Durante todo aquele dia avançaram com dificuldade pelos desfiladeiros e ao cair da noite estimaram estar a uns cinquenta quilômetros de seus inimigos. Quando escureceu, decidiram instalar-se debaixo de um rochedo protuberante, onde as pedras ofereciam alguma proteção contra o vento gélido, e lá, encolhidos uns contra os outros para se aquecerem, desfrutaram de algumas horas de sono. Antes que o dia nascesse, porém, já estavam de pé e novamente a caminho. Não havia sinal dos perseguidores; Jefferson Hope começou a achar que já estavam razoavelmente fora do alcance da terrível organização em cuja inimizade haviam incorrido. Pouco sabia ele, contudo, quanto ao alcance daquela mão de ferro, quão próximo estava o momento em que ela desceria sobre eles para esmagá-los.

Mais ou menos na metade do segundo dia de fuga, as precárias reservas de alimentos começaram a escassear. Ora, o caçador pouco se preocupou com isso: as montanhas ofereciam caça farta, e inúmeras vezes ele já se vira na contingência de depender do rifle para prover as necessidades da sobrevivência. Assim, escolheu um recanto abrigado, empilhou alguns ramos secos e fez um belo fogo junto ao qual seus companheiros podiam aquecer-se, pois agora os três estavam a mais de mil e quinhentos metros acima do nível do mar e o ar era gélido e cortante. Depois de amarrar os cavalos e despedir-se de Lucy, jogou a arma ao ombro e partiu em busca do que o acaso pusesse em seu caminho. Olhando para trás, viu o velho e a moça agachados junto às chamas e os três animais imóveis ao fundo. Em seguida as pedras que se interpuseram ocultaram a cena.

Hope andou alguns quilômetros — primeiro por uma garganta, depois por outra — sem encontrar coisa alguma, embora pelas marcas nos troncos das árvores e por outras indicações achasse que havia inúmeros ursos por ali. Finalmente, após duas ou três horas de busca infrutífera, começou a considerar a hipótese de voltar atrás com as mãos vazias quando olhou para cima e viu uma coisa que lhe deu um arrepio de prazer. Na borda de um penhasco saliente, oitenta ou cem metros acima do ponto onde se encontrava, viu uma criatura que lembrava um pouco uma ovelha, só que equipada com um par de chifres gigantescos. O carneiro-montês — era esse o nome do animal — provavelmente estava desempenhando a função de sentinela de um rebanho que o caçador não podia ver; por sorte, porém, o carneiro-montês ia na direção oposta e não percebera sua presença. O caçador deitou-se de barriga para baixo, apoiou o rifle numa pedra e apontou com cuidado antes de puxar o gatilho. O animal deu um salto, vacilou um instante à borda do precipício e caiu rolando para o vale.

O bicho era tão difícil de levantar que o caçador achou suficiente cortar um pernil e parte do flanco. Com esse troféu sobre o ombro tomou depressa o caminho de volta, pois a noite já ia caindo. Mal começou a andar, no entanto, deu-se conta das dificuldades a enfrentar. Em sua impaciência afastara-se muito das ravinas conhecidas e agora via que não era simples identificar o trajeto percorrido. O vale em que se encontrava dividia-se e subdividia-se em muitas gargantas, tão semelhantes entre si que era impossível distinguir umas das outras. Depois de seguir uma delas por quase dois quilômetros, chegou a uma torrente que estava certo de não ter visto antes. Convencido de que tomara o caminho errado, tentou outra ravina — com o mesmo resultado. A noite descia rapidamente, e já estava quase escuro quando ele finalmente se viu num desfiladeiro familiar. Mesmo assim era complicado manter-se no caminho certo, pois a lua ainda não despontara e as elevações que o flanqueavam aprofundavam ainda mais a escuridão. Vergado sob o peso de sua carga e exausto da jornada, Hope avançava aos tropeções, buscando forças na ideia de que cada passo o aproximava de Lucy e de que levava alimento suficiente para sustentá-los até o fim da jornada.

Nesse momento atingiu a boca do desfiladeiro onde havia deixado os companheiros. Apesar da escuridão, conseguiu reconhecer o contorno das montanhas que o cercavam. "Devem estar preocupados", pensou. Afinal, havia quase cinco horas que partira. No júbilo que lhe enchia o peito, levou as mãos à boca e fez o vale inteiro ressoar com o brado que anunciava sua chegada. Fez uma pausa e ficou à escuta, mas não houve resposta. Só seu próprio grito, que agitava as ravinas silenciosas e lhe era devolvido em incontáveis repetições. Gritou outra vez, mais alto que antes, e outra vez não houve ruído vindo dos amigos que tão pouco tempo antes deixara para trás. Um pavor vago, sem nome, tomou conta dele; Hope precipitou-se numa corrida louca, tomado de desespero, largando no chão, em sua angústia, o precioso alimento.

Assim que fez a curva, teve uma visão geral da cena onde acendera a fogueira. Ainda havia uma pilha rubra de cinza e brasas, mas era evidente que nenhuma madeira fora acrescentada depois de sua partida. O mesmo silêncio mortal imperava por toda a parte. Com todos os seus temores transformados em certezas, o rapaz correu. Junto aos restos do fogo não encontrou viva alma: animais, homem, moça — todos haviam partido. Era evidente que durante sua ausência acontecera uma tragédia súbita e terrível, uma tragédia que os envolvera a todos e que não deixara traços.

Perplexo e atordoado com o golpe, Jefferson Hope sentiu a cabeça girar e teve de apoiar-se no rifle para não cair. Mas era basicamente um homem de ação e em pouco tempo recuperou-se da fragilidade passageira. Empunhando um pedaço meio queimado de madeira que retirou dos restos da fogueira, soprou até atiçar a chama; assim equipado, tratou de examinar o pequeno acampamento. O solo estava todo pisoteado pelas patas dos cavalos, mostrando que um grupo numeroso de cavaleiros havia alcançado os fugitivos; o rumo de suas pegadas demonstrava que em seguida o grupo voltara para Salt Lake City. Teriam levado consigo seus dois companheiros? Jefferson Hope já estava quase convencido de que fora isso o que acontecera, quando seu olhar foi atraído por um objeto que fez todos os nervos de seu corpo trepidarem. Um pouco à margem do acampamento havia um montículo de terra avermelhada que certamente não estava ali antes. Não havia engano possível: era uma sepultura nova. Ao aproximar-se, o jovem caçador percebeu um bastão cravado no monte de terra com um pedaço de papel preso na forquilha. No papel havia uma inscrição breve mas contundente.

JOHN FERRIER,
Antigamente de Salt Lake City
Falecido em 4 de agosto de 1860.

O vigoroso velho que deixara atrás de si havia pouco estava morto, portanto, e seu epitáfio resumia-se àquelas poucas palavras. Jefferson Hope olhou em volta desesperado, em busca de uma segunda sepultura, mas não viu sinal de nenhuma. Lucy fora levada por seus terríveis perseguidores para cumprir o destino que lhe havia sido determinado, tornando-se uma das mulheres do harém do filho de um Ancião. Quando percebeu que não havia como evitar esse fato e deu-se conta da própria impotência, o jovem desejou estar ao lado do velho fazendeiro naquele seu último refúgio silencioso.

Mais uma vez, no entanto, seu espírito ativo sacudiu a letargia que nasce do desespero. Se já não lhe restava coisa alguma, ao menos podia devotar sua vida à vingança. Junto com uma paciência e uma perseverança inquebrantáveis, Jefferson Hope era ainda detentor da capacidade de ser constante em seu desejo de vingança — algo que talvez tivesse aprendido com os índios entre os quais vivera. Ali em pé ao lado dos restos da fogueira, percebeu que só uma coisa podia aliviar sua dor: uma desforra total, completa, desferida por sua própria mão sobre seus inimigos. Sua determinação, sua incansável energia, decidiu ele, seriam dedicadas exclusivamente a esse objetivo. Com um rosto sombrio, pálido, voltou até o ponto onde deixara cair o alimento; depois de reavivar o fogo, cozinhou carne suficiente para alguns dias e em seguida acomodou-a num pacote. Depois, apesar do cansaço, empreendeu a jornada de volta através das montanhas, no rastro dos Anjos Vingadores.

Durante cinco dias avançou penosamente, com os pés feridos, cansado, ao longo dos desfiladeiros que já atravessara a cavalo. À noite jogava-se no meio das pedras e arranjava algumas horas de sono, mas antes do raiar da aurora já tinha sempre um bom caminho andado. No sexto dia chegou à Ravina da Águia, onde tivera início a malfadada fuga. Dali era possível descortinar a Terra dos Santos. Morto de cansaço, fraco, apoiou-se no rifle e agitou ferozmente a mão descarnada para a cidade silenciosa que se espraiava logo abaixo diante dele. Fixando o olhar, observou que em algumas das principais ruas havia bandeiras e outros sinais festivos. Ainda estava tentando deduzir o possível significado daquilo quando ouviu o tropel de cascos e viu aproximar-se um homem montado. Quando o cavaleiro chegou perto, Hope reconheceu um mórmon chamado Cowper, a quem havia prestado diversos serviços em várias ocasiões; por isso pôde abordá-lo com o objetivo de descobrir qual fora a sorte de Lucy.

— Sou Jefferson Hope — disse. — Você deve estar lembrado de mim.

O mórmon olhou para ele com espanto indisfarçado. Com efeito, era difícil reconhecer naquele vagabundo maltrapilho, desgrenhado, de rosto lívido e olhos ferozes, dementes, o elegante jovem caçador de antigamente. Quando, porém, o homem finalmente se convenceu da identidade do outro, sua surpresa foi substituída pela consternação.

— Você é louco de vir até aqui — exclamou. — Minha própria vida não vale nada, se me virem falando com você. Há uma ordem de prisão contra você, emitida pelos Quatro Sagrados, por ter ajudado os Ferrier a fugir.

— Não tenho medo deles nem da ordem de prisão deles — disse Hope impassível. — Você deve estar informado de alguma coisa, Cowper. Por favor, por tudo o que lhe é precioso, responda a algumas perguntas. Sempre fomos amigos. Pelo amor de Deus, não se negue a me responder.

— O que quer saber? — disse o mórmon, apreensivo. — Pergunte depressa. Até as pedras têm ouvidos, e as árvores olhos.

— O que aconteceu com Lucy Ferrier?

— Casou-se ontem com o jovem Drebber. Calma, homem, calma; você já está quase sem forças.

— Não se preocupe comigo — disse Hope num fio de voz. Até seus lábios estavam brancos, e seu corpo deslizara pela pedra na qual estava se apoiando. — Casou, foi?

— Casou-se ontem, por isso essas bandeiras na Casa das Dotações. O jovem Drebber e o jovem Stangerson discutiram um pouco para decidir com quem ela ia ficar. Os dois estavam no grupo que foi atrás deles, e Stangerson foi quem deu o tiro no pai, por isso achava que a moça devia ficar com ele; mas depois a coisa foi discutida pelo Conselho, e o grupo do Drebber era mais forte, de modo que o Profeta decidiu que ela ia ficar com ele. Mas ninguém vai ficar com ela por muito tempo, porque ontem vi a morte no rosto dela. Parece mais um fantasma que uma mulher. Já vai?

— É, já vou — disse Jefferson Hope, levantando-se da pedra em que estava sentado. Seu rosto parecia esculpido em mármore, tão dura e obstinada era sua expressão, mas os olhos cintilavam com uma luz maligna.

— Para onde vai?

— Não se preocupe — respondeu; e, pendurando a arma no ombro, afastou-se desfiladeiro abaixo, para o coração das montanhas, para o lugar onde se abrigavam os animais selvagens. Deles todos, nenhum era tão feroz, tão perigoso quanto Jefferson Hope.

A previsão do mórmon confirmou-se totalmente. Fosse por causa da morte terrível do pai, fosse em decorrência do casamento odioso a que fora obrigada, a pobre Lucy jamais voltou a levantar a cabeça, mas se desmanchou de desgosto e morreu um mês depois. O ébrio do marido, que se casara com ela principalmente para apoderar-se dos bens de John Ferrier, não demonstrou a menor dor por ocasião de seu sepultamento; suas outras esposas, porém, choraram Lucy e velaram seu corpo durante toda a noite que precedeu o enterro, como é de praxe entre os mórmons. Estavam elas reunidas em torno do caixão nas primeiras horas da manhã quando, para seu indizível medo e assombro, a porta se abriu de golpe e entrou no aposento um homem de aspecto feroz, maltratado pela intempérie, todo esfarrapado. Sem um olhar sequer para as mulheres amedrontadas, sem dirigir-lhes a palavra, ele avançou para a forma branca, silenciosa, que um dia contivera a alma pura de Lucy Ferrier. Inclinando-se sobre ela, o rapaz pressionou os lábios reverentemente contra a fronte fria da moça e depois segurou sua mão, tirando-lhe a aliança do dedo.

— Ela não há de ser enterrada com isto — exclamou com um grunhido de ódio.

Antes que houvesse tempo de dar o alarme, ele já havia descido as escadas de um salto e desaparecido. Tão estranho e breve foi o episódio que as próprias observadoras talvez tenham sentido dificuldade para acreditar nele ou convencer outras pessoas de que realmente ocorrera, não fosse o fato inegável de ter desaparecido o aro de ouro que provava que Lucy um dia fora uma noiva.

Durante alguns meses Jefferson Hope perambulou pelas montanhas levando uma vida estranha, selvagem, acalentando no peito o furioso desejo de vingança que o dominava. Na cidade corriam histórias sobre o personagem bizarro que costumava ser visto esgueirando-se pelos subúrbios ou assombrando as gargantas solitárias da montanha. Uma vez uma bala entrou zunindo pela janela de Stangerson e foi alojar-se na parede a trinta centímetros dele. Em outra ocasião, quando Drebber passava junto a uma montanha, uma pedra enorme despencou, e ele só se salvou de uma morte horrível porque se jogou no chão. Os dois jovens mórmons não demoraram a descobrir a razão daqueles atentados contra suas vidas; na esperança de capturar ou matar o inimigo, realizaram inúmeras expedições às montanhas, sempre sem sucesso. Em seguida adotaram a precaução de jamais saírem sozinhos depois do cair da noite e de terem suas casas constantemente vigiadas. Passado algum tempo, consideraram desnecessário manter essas medidas, visto que nada se dizia ou via com relação ao adversário. Esperavam que o tempo tivesse esfriado seu desejo de vingança.

Longe disso: se é que o tempo fizera alguma coisa, fora aumentar esse desejo. A personalidade do caçador era de natureza dura, inflexível. A ideia predominante de vingança tomara conta dela tão completamente que não sobrara lugar para qualquer outra emoção. Antes de mais nada, entretanto, ele era um homem prático. Em pouco tempo percebeu que mesmo sua constituição férrea não suportaria a pressão incessante que lhe estava sendo aplicada. A falta de abrigo e a ausência de uma alimentação nutritiva estavam acabando com ele. Caso morresse como um cão entre as montanhas, o que seria de sua vingança? Ora, era exatamente isso o que ia acontecer, se não mudasse de atitude. Sentiu que a vida que vinha levando correspondia a aceitar o jogo do inimigo; por isso, relutantemente, voltou às velhas minas de Nevada, onde poderia recuperar a saúde e juntar dinheiro suficiente para perseguir seu objetivo sem privações.

Inicialmente sua intenção era ficar ausente durante no máximo um ano, mas uma série de fatores imprevistos o impediu de afastar-se das minas durante quase cinco anos. Passado esse período, entretanto, sua lembrança do mal que havia sido perpetrado e seu desejo de vingança continuavam tão vívidos quanto naquela noite memorável em que contemplara o túmulo de John Ferrier. Disfarçado, sob nome falso, voltou para Salt Lake City, despreocupado do que pudesse acontecer com sua própria vida desde que obtivesse o que considerava justo. Más notícias o aguardavam. Alguns meses antes, o Povo Eleito passara por um cisma, e alguns dos membros mais jovens da Igreja haviam se rebelado contra a autoridade dos Anciãos; como resultado, um determinado número de descontentes fora expulso da comunidade e deixara o estado do Utah, tornando-se gentios. Drebber e Stangerson estavam entre eles, e ninguém sabia para onde tinham ido. Havia boatos de que Drebber teria conseguido transformar boa parte de seus bens em dinheiro e que, ao partir, era um homem rico, enquanto seu companheiro Stangerson era comparativamente pobre. Não havia pistas, porém, quanto ao paradeiro dos dois.

Muitos homens, por mais vingativos que sejam, teriam abandonado qualquer ideia do gênero diante de uma dificuldade como aquela, mas Jefferson Hope jamais vacilou. Com o pouco preparo que possuía, sustentando-se graças aos empregos que arranjava, viajou de cidade em cidade por todos os Estados Unidos em busca de seus inimigos. Os anos se sucederam, seu cabelo negro ficou grisalho, e ele continuava atrás deles, um verdadeiro cão de caça humano, pensando apenas numa coisa — no objetivo a que consagrara sua existência. Finalmente sua perseverança foi recompensada. Foi apenas um rosto visto de relance numa janela, mas esse relance informou-o de que a cidade de Cleveland, em Ohio, guardava os homens que ele perseguia. Hope voltou a suas miseráveis acomodações com o plano de vingança completamente ordenado. Quis o acaso, contudo, que Drebber, olhando pela janela, tivesse reconhecido o vagabundo que passava e identificado em seus olhos o desejo de matar. Acompanhado por Stangerson, que se tornara seu secretário particular, foi correndo pedir proteção a um juiz de paz, argumentando que os dois estavam correndo risco de vida em decorrência do ciúme e do ódio de um antigo rival. Na mesma noite Jefferson Hope foi preso; visto que não tinha quem afiançasse por ele, ficou algumas semanas detido. Quando finalmente o libertaram, foi apenas para constatar que a casa de Drebber estava vazia e que ele e o secretário haviam partido para a Europa.

Uma vez mais o vingador saía frustrado e uma vez mais seu ódio concentrado exigia que ele desse continuidade à perseguição. Só que era preciso conseguir recursos: durante algum tempo foi obrigado a voltar ao trabalho, economizando dólar por dólar para a jornada que ia empreender. Finalmente, tendo reunido dinheiro suficiente para se manter, partiu para a Europa e pôs-se a seguir seus inimigos de cidade em cidade, fazendo qualquer tarefa para poder sustentar-se precariamente, sem jamais conseguir alcançar os fugitivos. Quando chegou a São Petersburgo, eles haviam partido para Paris; quando os seguiu até lá, ficou sabendo que os dois iam viajar para Copenhague. Na capital dinamarquesa chegou uma vez mais com alguns dias de atraso, pois eles haviam prosseguido para Londres, onde finalmente conseguiu entocá-los. Quanto ao que por lá se passou, o melhor que podemos fazer é citar o relato do próprio velho caçador, devidamente registrado no diário do dr. Watson, ao qual tanto já devemos.

XIII

CONTINUAÇÃO DAS REMINISCÊNCIAS DO DR. JOHN WATSON

A furiosa resistência de nosso prisioneiro aparentemente não indicava ferocidade de propósitos em relação a nós próprios, pois ao ver-se dominado ele sorriu com afabilidade e expressou a esperança de não ter causado ferimentos em algum de nós durante a refrega.

— Imagino que desejem levar-me para a chefatura de polícia — disse a Sherlock Holmes. — Meu carro está parado aí embaixo. Se soltar minhas pernas, vou andando até lá. Já não sou tão leve quanto antes para ser carregado.

Gregson e Lestrade trocaram olhares, como se considerassem aquele pedido um abuso, mas Holmes imediatamente aceitou a palavra do prisioneiro e desamarrou a toalha com que havíamos imobilizado seus tornozelos. O homem se levantou e esticou as pernas, como querendo assegurar-se de que estavam novamente livres. Lembro-me de ter pensado comigo mesmo, enquanto o olhava, que raramente vira pessoa de constituição mais forte. Naquele rosto escuro, queimado de sol, havia uma expressão de energia e determinação tão formidável quanto sua força física.

— Se houver vaga para chefe de polícia, acho que o senhor é o homem certo — disse ele, olhando com franca admiração para meu companheiro de apartamento. — O modo como o senhor seguiu minha pista já deixa ver muita coisa.

— É melhor os senhores virem comigo — disse Holmes aos dois detetives.

— Posso ir conduzindo — disse Lestrade.

— Ótimo! E Gregson pode vir dentro do carro comigo. Você também, doutor. Acabou se interessando pelo caso, é melhor vir conosco.

Concordei de bom grado, e todos descemos juntos. Nosso prisioneiro não tentou escapar; entrou calmamente no carro que fora seu, e nós atrás dele. Lestrade subiu para a boleia, chicoteou o cavalo e pouco depois chegávamos a nosso destino. Fomos conduzidos até uma salinha onde um inspetor de polícia anotou o nome do prisioneiro e os dos homens cujo assassinato o acusavam de ter cometido. O policial era um homem de rosto pálido e temperamento fleumático, que desempenhou seus deveres de forma impassível, mecânica.

— O detento comparecerá diante dos magistrados no decorrer da semana — disse. — Enquanto isso, sr. Jefferson Hope, o senhor gostaria de declarar alguma coisa? Devo adverti-lo de que suas palavras serão registradas e poderão ser usadas contra o senhor.

— Tenho muita coisa a declarar — disse nosso prisioneiro lentamente. — Quero contar-lhes tudo, cavalheiros.

— Não é melhor esperar pelo julgamento? — perguntou o inspetor.

— É possível que eu jamais seja julgado — respondeu ele. — Não é preciso esse ar preocupado. Não é em suicídio que estou pensando. O senhor é médico? — perguntou, voltando para mim os olhos ardentes, escuros.

— Sou — respondi.

— Então ponha a mão aqui — disse ele, com um sorriso, indicando o próprio peito com os punhos algemados.

Fiz o que ele pedia; imediatamente percebi ali dentro uma agitação, uma pulsação fora do comum. As paredes de seu peito pareciam trepidar e estremecer como uma edificação pouco sólida quando um motor muito potente funciona em seu interior. No silêncio da sala pude ouvir o ruído surdo de um zumbido e de um assobio vindos da mesma fonte.

— Mas... — exclamei —, o senhor tem um aneurisma de aorta!

— É exatamente o que dizem que tenho — disse ele tranquilamente. — Fui ao médico na semana passada para ver isso, e ele me disse que o aneurisma deve estourar dentro de alguns dias. Vem piorando há anos. Apareceu porque fiquei sem abrigo e com pouco alimento na época em que vivi nas montanhas de Salt Lake. Agora já fiz o que devia fazer; não me interessa mais quanto tempo vou viver, mas gostaria de contar o que aconteceu. Não quero ser lembrado como um bandido comum.

O inspetor e os dois detetives discutiram apressadamente se seria aconselhável deixá-lo contar sua história.

— Na sua opinião, doutor, existe perigo imediato? — perguntou o primeiro.

— Certamente — respondi.

— Nesse caso não há dúvida de que é nosso dever, no interesse da justiça, ouvir seu depoimento — disse o inspetor. — O senhor tem a palavra para fazer seu depoimento, que, advirto-o novamente, será registrado.

— Vou sentar-me, com sua licença — disse o prisioneiro, unindo o ato à palavra. — Esse meu aneurisma me faz cansar facilmente, e nossos empurrões de há pouco não contribuíram para melhorar as coisas. Estou à beira do túmulo e não tenho por que mentir para os senhores. Cada palavra que eu disser é a absoluta verdade, e o uso que os senhores venham a fazer delas é questão que absolutamente não me interessa.

Com essas palavras, Jefferson Hope reclinou-se na cadeira e deu início ao notável depoimento que transcrevo a seguir. Falou de forma metódica e tranquila, como se os acontecimentos que narrava fossem triviais. Posso atestar a fidedignidade do depoimento, pois tive acesso ao caderno de notas de Lestrade, onde as palavras do prisioneiro foram anotadas exatamente como foram pronunciadas.

— A razão pela qual eu odiava aqueles homens não tem maior interesse para os senhores — disse. — Basta saber que eram culpados da morte de dois seres humanos, um pai e uma filha, e que em decorrência haviam perdido o direito à vida. Seu crime fora cometido há tanto tempo que tribunal algum os condenaria, por mais que eu tentasse. Por isso, conhecendo sua culpa, tomei a decisão de ser juiz, júri e carrasco, tudo ao mesmo tempo. Os senhores em meu lugar teriam feito o mesmo, caso tivessem hombridade.

Há vinte anos a garota de quem falei ia casar-se comigo. Obrigaram-na a casar-se com esse mesmo Drebber, e seu coração se partiu. Retirei-lhe a aliança do dedo quando estava no caixão e fiz um juramento: quando Drebber morresse, seus olhos contemplariam essa mesma aliança, e seus últimos pensamentos estariam voltados para o crime pelo qual estava sendo punido. Percorri dois continentes seguindo Drebber e seu cúmplice, sempre com a aliança no bolso, até pegá-los. Eles acharam que iam conseguir me vencer pelo cansaço, mas não conseguiram. Se eu morrer amanhã, como é muito provável, morro sabendo que minha missão neste mundo foi cumprida — e bem. Os dois morreram, e quem os matou fui eu. Já não tenho nada a esperar — ou a desejar.

Eles eram ricos, e eu pobre, de modo que segui-los foi complicado. Quando cheguei a Londres, meu dinheiro tinha acabado; vi que tinha de dar um jeito para sobreviver. Dirigir carroças e cavalgar são atividades tão naturais para mim quanto caminhar, por isso me ofereci numa central de proprietários de carros de aluguel e em pouco tempo arrumei um emprego. Era obrigado a entregar uma determinada quantia por semana ao proprietário, e o que conseguisse ganhar a mais ficava para mim. Raramente havia muito além da quantia do proprietário, mas eu dava um jeito e ia vivendo. O mais difícil era me orientar na cidade, pois os senhores hão de convir que, de todos os labirintos que já se inventaram, esta cidade é a que mais embaralha a cabeça da gente. Eu andava sempre com um mapa; depois que aprendi a localização dos principais hotéis e estações ferroviárias, passei a me virar muito bem.

Demorou algum tempo para eu descobrir onde viviam meus dois cavalheiros, mas perguntei e perguntei até descobrir. Estavam numa pensão em Camberwell, do outro lado do rio. Descobri onde estavam, e os dois não tiveram mais escapatória. Isso eu sabia. Como eu tinha deixado crescer a barba, era impossível eles me reconhecerem. Haveria de segui-los e vigiá-los até chegar a hora. Dessa vez, estava decidido a não deixá-los escapar. Mas quase escapam. Eles podiam ir aonde quisessem, em Londres inteira — eu estava sempre atrás deles. Às vezes seguia-os em meu carro, às vezes a pé, mas de carro era melhor porque aí não tinha a possibilidade de eles desaparecerem. Só bem cedinho de manhã ou tarde da noite eu conseguia ganhar algum dinheiro, de modo que comecei a ficar em débito com meu patrão. Mas isso não me preocupava. Eu só estava interessado em apanhar os homens que estava seguindo.

Só que eles eram muito espertos. Devem ter contado com a possibilidade de estar sendo seguidos, pois não saíam sozinhos e jamais depois do cair da noite. Durante duas semanas segui-os de carro sem que eles se separassem uma só vez. Drebber passava a metade do tempo bêbado, mas era impossível pegar Stangerson distraído. Tarde, cedo, eu estava sempre de olho neles, mas não tive ocasião, nem por sombra. Porém, não desisti. Algo me dizia que a hora já ia chegar. Meu único medo era de que essa coisa no meu peito estourasse cedo demais — antes de eu poder fazer o que tinha que fazer.

No fim, certa noite eu estava andando de um lado para outro na Torquay Terrace — era assim que se chamava a rua onde eles estavam hospedados — quando vi um carro se aproximar da porta da pensão. Logo depois alguém saiu com a bagagem. Drebber e Stangerson deixaram o lugar em seguida e foram embora no carro. Chicoteei o cavalo e consegui não perdê-los de vista, mas estava muito preocupado porque achei que os dois iam hospedar-se em algum outro lugar. Na Euston Station eles desceram. Deixei um garoto segurando o cavalo e segui-os até a plataforma de embarque. Ouvi quando pediram informações sobre o trem de Liverpool; o guarda respondeu que havia acabado de sair um, e que só algumas horas mais tarde sairia outro. Stangerson ficou meio abalado, mas Drebber até que gostou. Entrei no meio das pessoas e cheguei tão perto deles que pude ouvir tudo o que estavam conversando. Drebber disse que tinha um negócio para resolver e que, se o outro esperasse por ele, logo dava um jeito na situação e voltava. O outro não gostou e disse-lhe que tinham combinado nunca se separar um do outro. Drebber respondeu que era um assunto delicado, que precisava ir sozinho. Não escutei o que Stangerson respondeu, mas o outro começou a falar palavrões e disse a Stangerson que ele era seu empregado, que não podia ficar lhe dando ordens. Quando ouviu isso o secretário viu que não tinha jeito e simplesmente explicou que, se Drebber não conseguisse chegar a tempo de pegar o último trem, então era para os dois se encontrarem no Hotel Halliday. Drebber respondeu que ia estar de volta à estação antes das onze e foi embora.

O momento que eu tanto havia esperado chegara, afinal. Meus inimigos estavam à minha mercê. Juntos, eles conseguiam proteger-se um ao outro, mas sozinhos nada podiam contra mim. Nem por isso me precipitei. Meus planos já estavam feitos. A vingança não traz satisfação se a pessoa que causou a ofensa não tem tempo de perceber quem a está atingindo e qual a razão do castigo. De acordo com meus planos, eu deveria ter oportunidade de fazer o homem que me prejudicara entender que seu antigo pecado não fora esquecido, que iria pagar por ele. Quis o acaso que alguns dias antes um cavalheiro que andava atrás de uma casa para alugar visitasse as da Brixton Road e deixasse cair a chave de uma delas em meu carro. A chave foi reclamada na mesma noite — e devolvida; só que antes mandei fazer uma cópia. Com essa chave eu tinha acesso a pelo menos um lugar nesta grande cidade onde podia ter certeza de não ser interrompido por ninguém. Como fazer Drebber entrar na casa? Restava resolver esse complicado problema.

Ele foi descendo a rua e entrou em um ou dois bares, demorando-se mais ou menos meia hora no último. Quando saiu, estava andando meio torto. Percebia-se que estava bem calibrado. Bem na minha frente havia um cabriolé, que ele tomou. Segui-os tão de perto que durante toda a corrida o nariz de meu cavalo ficou a menos de um metro do outro carro. Atravessamos a ponte Waterloo e percorremos quilômetros e quilômetros de ruas até que, para meu espanto, vimo-nos novamente na rua onde ele havia estado hospedado. O que pretendia, voltando lá? Isso eu não tinha como imaginar, mas fui atrás de todo o modo e parei o carro a uns cem metros da casa. Ele entrou e o cabriolé se foi. Por favor, deem-me um copo de água. Minha boca fica seca de tanto falar.

Entreguei-lhe o copo e ele bebeu.

— Assim é melhor — disse. — Bom, esperei um quarto de hora, ou mais, quando de repente ouvi um barulho na casa que parecia de gente brigando. No instante seguinte alguém abriu a porta violentamente e apareceram dois homens, um deles era Drebber, o outro um jovem que eu nunca tinha visto antes. Esse rapaz estava segurando Drebber pelo colarinho e, quando os dois chegaram no alto da escadinha, ele deu um safanão e um pontapé em Drebber, que foi parar no meio da rua. "Seu cachorro!", gritava o rapaz, ameaçando-o com a bengala. "Eu lhe ensino a insultar uma menina direita!" Estava tão indignado que achei que ia acabar com o outro a pauladas, só que o desgraçado se mandou rua afora o mais depressa possível. Foi correndo até a esquina e depois, vendo meu carro, fez sinal e pulou para dentro. "Vamos até o Hotel Halliday", disse.

Quando vi Drebber seguro dentro do meu carro, senti o coração dar tantos pulos de alegria que fiquei com medo de que meu aneurisma estragasse tudo no último momento. Fui andando devagar, avaliando com cuidado a melhor coisa a fazer. Eu podia levá-lo direto para fora da cidade e lá, em alguma estradinha deserta, ter minha última conversa com ele. Eu já estava quase decidido a fazer isso quando ele resolveu o problema para mim. O desespero pela bebida tinha batido novamente, e ele me mandou parar perto de um boteco. Disse para eu esperar e entrou. Ficou lá até a hora de fechar; quando saiu, estava tão bêbado que logo vi que então a coisa era comigo.

Não pensem que eu tinha a intenção de matá-lo a sangue-frio. Eu podia ter feito isso, seria perfeitamente justo, mas não queria. Muito antes eu decidira que, caso ele quisesse tentar, teria uma chance de sobreviver. Entre as muitas coisas que fiz nos Estados Unidos em meus tempos de andarilho, fui zelador e varredor do laboratório da Faculdade York. Um dia o professor estava dando uma aula sobre venenos e mostrou determinado alcaloide — como ele dizia — aos alunos, um alcaloide que havia extraído de algum veneno sul-americano aplicado nas flechas dos índios, tão potente que um único grãozinho significava morte instantânea. Vi onde estava o frasco com o preparado e depois que eles foram embora peguei um pouco da coisa. Eu era excelente para aviar receitas; transformei aquele alcaloide em pequenas pílulas solúveis e pus cada uma delas numa latinha com outra pílula semelhante feita sem o veneno. Resolvi na época que, quando tivesse a oportunidade tão esperada, cada um de meus cavalheiros deveria escolher um dos dois comprimidos das latinhas enquanto eu engoliria o restante. Seria tão mortífero — e muito menos barulhento — quanto disparar através de um lenço. Daquele dia em diante, jamais me separei de minhas latinhas de comprimidos; e agora chegava a hora de utilizá-las.

Já era quase uma hora da madrugada, e a noite estava feia, gélida; ventava forte e chovia a cântaros. Por mais desoladoras que estivessem as coisas lá fora, por dentro eu estava feliz — tão feliz que fiquei com vontade de gritar de puro entusiasmo. Se algum dos cavalheiros presentes alguma vez já desejou intensamente uma coisa, já a desejou anos a fio, durante vinte longos anos, e de repente a teve diante de si, ao seu alcance, então vai entender o que eu sentia. Acendi um charuto e dei umas baforadas para me acalmar, mas minhas mãos estavam trêmulas e as têmporas pulsavam de excitação. Enquanto avançava com o carro podia ver o velho John Ferrier e a doce Lucy olhando para mim da escuridão, sorrindo para mim, via-os tão claramente quanto vejo os senhores aqui nesta sala. Durante todo o caminho eles iam à frente, um de cada lado do cavalo, até que parei na casa da Brixton Road.

Não havia viva alma na rua, não se ouvia um ruído, só a chuva caindo. Quando olhei para dentro do carro pela janela, vi que Drebber estava todo encolhido, dormindo o sono dos bêbados. Sacudi-o pelo braço. "É hora de descer", disse eu. "Está bem, cocheiro", disse ele. Imagino que tenha pensado que havíamos chegado ao hotel que mencionara, porque desceu sem dizer nada e me seguiu até o jardim. Eu tinha que andar ao lado dele para equilibrá-lo porque ainda estava bem embriagado. Quando alcançamos a porta, abri-a e fui andando com ele até a sala da frente. Juro que o tempo todo o pai e a filha iam conversando à nossa frente. "Está escuro como o diabo", disse ele, batendo os pés. "Já vamos arranjar uma luz", disse eu, riscando um fósforo e acendendo uma vela que trouxera comigo. "Agora, Enoch Drebber", continuei, voltando-me para ele e iluminando com a vela meu próprio rosto, "quem sou eu?"

Ele me olhou com cara de bêbado, sem entender nada, durante um momento; mas de repente vi o horror tomar conta de seu rosto e convulsionar suas feições e percebi que me reconhecera. Deu uns passos atrás, de rosto lívido, o suor cobriu sua testa, e seus dentes começaram a bater. Vendo aquilo, me encostei na porta e dei uma risada, ri alto, durante muito tempo. Eu sempre soube que a vingança pode ser doce, mas nunca tinha imaginado que minha alma ia ficar tão repleta de prazer.

"Seu cachorro!", eu disse. "Persegui você de Salt Lake City a São Petersburgo, e você sempre me escapou. Agora, finalmente, suas perambulações chegaram ao fim, pois um de nós dois jamais verá o sol se erguer amanhã."

Ele recuou ainda mais enquanto eu falava, e pude ver pela cara dele que achava que eu estava louco. E era verdade, naquele momento. Minhas têmporas latejavam; penso que teria tido um ataque qualquer se o sangue não me tivesse esguichado do nariz, aliviando-me.

"O que você acha agora de Lucy Ferrier?", gritei, trancando a porta e agitando a chave diante de seu rosto. "O castigo demorou, mas finalmente chegou." Vi seus lábios covardes tremerem enquanto eu falava. Ele teria implorado por piedade se não soubesse que era inútil.

"Você vai ter coragem de me assassinar?", gaguejou. "Não vai haver assassinato. Já se viu alguém chamar de assassinato a execução de um cachorro louco? Que compaixão você teve de minha pobre querida quando trucidou o pai dela e arrastou Lucy para seu maldito harém, para aquela pouca-vergonha?"

"Não fui eu quem matou o pai dela", gritou ele.

"Mas foi você quem partiu o coração inocente dela", falei com voz alterada, mostrando-lhe a latinha. "Que Deus nos julgue. Escolha e engula. Em um dos comprimidos está a morte, no outro a vida. O que sobrar é meu. Vamos ver se existe justiça na face da terra ou se quem nos rege é o acaso."

Ele recuou gritando de desespero, implorando piedade, mas puxei minha faca e encostei-a à garganta dele até ele fazer o que eu dizia. Em seguida engoli o outro comprimido, e ficamos os dois nos encarando em silêncio por um minuto ou mais, esperando para ver quem ia viver e quem ia morrer. Será que algum dia serei capaz de esquecer o olhar que apareceu em seu rosto quando as primeiras pontadas o informaram de que o veneno estava no seu organismo? Vendo aquilo eu ri e segurei a aliança de Lucy na frente dos olhos dele. Foi só por um instante, porque a ação do alcaloide é rápida. Um espasmo de dor contorceu suas feições; ele estendeu os braços para diante, tropeçou e depois, com um grito rouco, caiu pesadamente ao chão. Virei seu corpo com o pé e pus a mão sobre seu coração. Não havia movimento. Ele estava morto!

O sangue continuava escorrendo de meu nariz sem que eu desse atenção ao assunto. Não sei o que me deu para escrever na parede com o sangue. Talvez a ideia maliciosa de iludir a polícia, pois eu estava me sentindo aliviado, feliz. Lembrei que uma vez em Nova York encontraram um alemão com a palavra RACHE escrita no corpo — na época a imprensa comentou que provavelmente ele tinha sido assassinado por alguma sociedade secreta. Me ocorreu que o que havia intrigado os nova-iorquinos também haveria de intrigar os londrinos, de modo que molhei o dedo em meu próprio sangue e escrevi a mesma palavra num ponto adequado da parede. Depois voltei para meu carro e vi que não havia ninguém por perto e que o tempo continuava péssimo. Já ia longe quando pus a mão no bolso onde costumava guardar a aliança de Lucy e descobri que ela não estava mais lá. Fiquei abaladíssimo, pois aquela era a única lembrança que eu tinha dela. Pensando que devia tê-la deixado cair no momento em que me inclinei sobre o corpo de Drebber, voltei por onde tinha vindo; deixei o carro numa rua lateral e arrisquei: fui até a casa. Estava disposto a tudo para não perder o anel. Quando cheguei lá, dei de cara com um policial que ia saindo da casa e só consegui acabar com suas suspeitas fingindo que estava bêbado de cair.

Foi assim que Enoch Drebber chegou ao fim de sua existência. Para pagar a dívida de John Ferrier só me restava fazer o mesmo com Stangerson. Eu sabia que ele estava hospedado no Hotel Halliday; passei o dia vigiando o hotel, mas acho que ele começou a desconfiar de alguma coisa quando viu que o Drebber não aparecia. Era um sujeito esperto, o Stangerson, e sempre na defensiva. Só que, se ele achou que ia conseguir se ver livre de mim simplesmente ficando trancado no quarto, estava muito enganado. Descobri facilmente qual era a janela de seu quarto, e cedinho na manhã seguinte aproveitei umas escadas jogadas na passagem atrás do hotel. Quando o dia estava começando a amanhecer, achei o caminho de seu quarto. Acordei-o e lhe disse que estava na hora de pagar pela vida que tantos anos antes ele colhera. Contei-lhe como Drebber havia morrido e lhe ofereci a mesma oportunidade de escolher entre os dois comprimidos — um deles envenenado. Em vez de tentar a sorte, ele pulou da cama e voou para minha garganta. Em legítima defesa, acertei a faca em seu coração. De todo modo teria dado no mesmo, pois a Providência jamais teria permitido que sua mão culpada deixasse de escolher o veneno.

Já não tenho muito a dizer — felizmente, porque estou exausto. Voltei a meu trabalho com o carro de aluguel durante um dia ou dois, na intenção de continuar trabalhando até conseguir juntar dinheiro suficiente para voltar aos Estados Unidos. Hoje eu estava no ponto de carros de aluguel quando um jovem todo esfarrapado me perguntou se eu conhecia um cocheiro chamado Jefferson Hope. Disse que um cavalheiro lhe pedira para mandar o carro de Hope para a Baker Street, 221B. Fui até lá sem desconfiar de nada, e só sei que pouco depois o cavalheiro aqui presente me passou as algemas e lá estava eu, fisgado e muito bem fisgado. Acabou-se a história, senhores. Podem me chamar de assassino, mas para mim sou apenas um representante da justiça, exatamente como os senhores.

A narrativa daquele homem fora tão eletrizante, sua atitude tão notável, que todos havíamos ficado sentados em silêncio, absortos em suas palavras. Mesmo os detetives profissionais, habitualmente tão *blasés* em tudo o que diz respeito a crime, pareciam profundamente interessados pela história que ele estava contando. Quando ele chegou ao fim, ficamos sentados alguns minutos num silêncio só interrompido pelo raspar do lápis de Lestrade, que dava os retoques finais em suas anotações taquigráficas.

— Só há um ponto sobre o qual eu gostaria de ter mais algumas informações — disse finalmente Sherlock Holmes. — Quem era o cúmplice que foi buscar a aliança depois que publiquei o anúncio?

O prisioneiro piscou maliciosamente para meu amigo.

— Meus próprios segredos eu posso contar, mas não costumo arrumar encrenca para os outros. Vi o anúncio e imaginei que podia ser uma cilada. Também era possível que se tratasse do anel que eu estava procurando. Meu amigo se ofereceu para ir verificar. Acho que o senhor há de concordar que ele trabalhou direitinho.

— Não há a menor dúvida — disse Holmes enfático.

— Agora, senhores — observou o inspetor solenemente —, é preciso cumprir as formalidades da lei. Na quinta-feira o prisioneiro deverá comparecer perante os magistrados, e a presença dos senhores será requisitada. Até lá, ele fica sob minha responsabilidade.

Assim dizendo, tocou uma sineta e Jefferson Hope saiu da sala acompanhado por dois guardas, enquanto meu amigo e eu saíamos da chefatura e tomávamos um carro para voltar à Baker Street.

XIV
CONCLUSÃO

Todos fôramos intimados a comparecer perante os magistrados na quinta-feira, mas quando chegou quinta-feira fomos dispensados de nosso testemunho. Um juiz mais alto tomara conta do assunto, e Jefferson Hope fora convocado a um tribunal onde seria julgado de acordo com a justiça mais rigorosa. Na mesma noite em que foi capturado, o aneurisma estourou; pela manhã encontraram-no estendido no chão da cela com um sorriso sereno nos lábios, como se em seus últimos momentos tivesse podido olhar para trás e visse uma vida útil, uma obra benfeita.

— Gregson e Lestrade vão ficar furiosos com essa morte — observou Holmes, enquanto comentávamos o assunto na manhã seguinte. — E agora, onde foi parar o barulho todo que eles iam fazer?

— Em minha opinião, eles pouco tiveram a ver com essa captura — respondi.

— O que se faz de fato neste mundo pouco importa — retrucou meu companheiro, amargamente. — A questão é *quanto* você consegue que os outros acreditem que fez. Mas não faz mal — continuou, mais animado, depois de um intervalo. — Nada me faria perder essa investigação. Que eu me lembre, foi o melhor caso em que já me envolvi. Embora extremamente simples, apresentava diversos pontos muito instrutivos.

— Simples?! — estranhei.

— Bom, na verdade não é possível descrevê-lo diferentemente — disse Sherlock Holmes, rindo de minha surpresa. — A prova da simplicidade intrínseca desse caso é que, ajudado apenas por algumas deduções muito simples, em três dias consegui agarrar o criminoso.

— É verdade — assenti.

— Já lhe expliquei que o que sai do comum, em lugar de deixar tudo mais complicado, costuma indicar o rumo a seguir. No momento de solucionar um problema desse tipo, o essencial é saber refletir para trás. Essa é uma atividade muito útil e muito fácil, só que as pessoas não costumam praticá-la. Nos assuntos corriqueiros da vida é mais útil refletir para diante, por isso o oposto costuma ser abandonado. Há cinquenta pessoas capazes de raciocinar sinteticamente para cada uma capaz de raciocinar analiticamente.

— Confesso que não estou entendendo muito bem — disse eu.

— Era o que eu esperava. Deixe-me ver se consigo ser mais claro. Quando você descreve uma série de acontecimentos, a maioria das pessoas é capaz de dizer-lhe qual o possível resultado deles. As pessoas conseguem concatenar esses acontecimentos na imaginação e deduzir a partir daí o que haverá de suceder. Umas poucas, porém, quando você lhes conta um resultado, são capazes de extrair de suas próprias consciências quais as etapas que conduziram àquele resultado. É a essa capacidade que me refiro quando falo de refletir para trás, ou analiticamente.

— Entendo — disse eu.

— Ora, em nosso caso ficamos sabendo de um resultado e tivemos que encontrar tudo sozinhos. Agora deixe que eu lhe mostre as diferentes etapas de meu raciocínio. Comecemos pelo começo. Aproximei-me da casa, como você sabe, a pé, e com a mente inteiramente despojada de qualquer ideia prévia. Como é natural, comecei por examinar a rua, onde vi claramente, como já expliquei, as marcas das rodas de um carro. Indaguei e constatei que esse carro devia ter passado por ali durante a noite. A bitola estreita das rodas demonstrava tratar-se de um carro de aluguel, não de carruagem particular. Os carros de aluguel mais comuns em Londres têm uma bitola muito menos larga que as carruagens elegantes.

Essa foi a primeira constatação. Em seguida percorri com atenção o caminho do jardim — casualmente de terra argilosa, que é um solo particularmente adequado à conservação de pegadas. Sem dúvida você viu apenas um monte de barro pisoteado, mas para meus olhos exercitados cada marquinha naquele barro tinha um significado. Na ciência detetivesca não há ramo tão importante e tão descuidado quanto a arte de seguir pegadas. Felizmente sempre atribuí grande peso ao assunto e tenho muita prática: para mim, é como uma segunda natureza. Vi as pegadas fundas dos guardas, mas também vi a trilha dos dois homens que passaram pelo jardim primeiro. Era fácil afirmar que eles haviam passado antes dos outros: em alguns lugares suas passadas estavam totalmente obliteradas pelas que estavam por cima. Dessa forma estabeleceu-se minha segunda constatação, que me indicava que os visitantes noturnos eram em número de dois, um notável por sua altura (como calculei a partir do comprimento da passada), outro elegantemente vestido, a julgar pela marca pequena e elegante imprimida por suas botas.

Quando entrei na casa, essa última dedução confirmou-se. Meu homem bem calçado estava caído no chão à minha frente. O alto, portanto, cometera o assassinato — caso assassinato houvesse. Não havia ferimento no corpo do morto, mas a expressão conturbada de seu rosto me garantia que ele previra o que o esperava antes de ser atingido pela fatalidade. As pessoas que morrem de problemas cardíacos ou de qualquer causa natural súbita jamais exibem feições agitadas. Quando cheirei os lábios do morto senti um odor levemente azedo e cheguei à conclusão de que o haviam obrigado a tomar veneno. Mais uma vez, o que me permitiu deduzir que ele fora obrigado a tomar o veneno foi a expressão de ódio e pânico que tinha no rosto. O método da exclusão foi responsável por esse resultado, pois nenhuma outra hipótese se enquadrava nos fatos. Não vá imaginar que era uma ideia muito insólita. Nos anais do crime, a administração forçada de veneno não é de modo algum novidade: os casos de Dolsky, em Odessa, e Leturier, em Montpellier, ocorrem imediatamente à cabeça de qualquer toxicólogo.

E agora chegávamos à grande questão: "por quê?". O assassinato não fora cometido para fins de roubo, pois nada fora levado.

Teria, então, uma causa política? Quem sabe uma mulher? Essa era a questão a elucidar. Desde o início, inclinei-me para a segunda hipótese. Os assassinos políticos gostam de fazer o que têm que fazer e sumir. Nosso assassinato, ao contrário, havia sido executado da forma mais deliberada possível, e aquele que o executara deixara marcas por toda a sala, mostrando que ficara ali o tempo todo. Devia ser uma ofensa privada — não política —, para exigir vingança tão metódica. Com a descoberta da inscrição na parede, tendi ainda mais para essa opinião. Aquilo era evidentemente uma pista falsa. Quando o anel foi encontrado, então, a coisa ficou indiscutível. Era óbvio que o assassino o utilizara para lembrar à vítima alguma mulher já falecida ou distante. Foi nesse ponto que perguntei a Gregson se no telegrama que enviara a Cleveland havia perguntado alguma coisa relativa à atividade anterior do sr. Drebber. Você deve estar lembrado de que ele respondeu com uma negativa.

Em seguida dediquei-me a fazer um levantamento minucioso do aposento. Esse levantamento veio confirmar minha hipótese quanto à estatura do assassino, além de oferecer-me detalhes adicionais — como a história do charuto Trichinopoly e o comprimento das unhas do assassino. Como não havia sinais de luta, eu chegara à conclusão de que o sangue que cobria o chão saíra do nariz do criminoso, em decorrência da excitação em que este se encontrava. Observei que os rastros de sangue acompanhavam os vestígios de seus passos. Em geral as pessoas capazes de apresentar esse tipo de reação por razões emocionais têm uma constituição muito sanguínea, por isso arrisquei o palpite de que o criminoso provavelmente era um homem robusto de rosto muito corado. Os fatos demonstraram que eu havia feito uma suposição correta.

Ao sair da casa tratei de fazer o que Gregson esquecera. Telegrafei ao chefe de polícia de Cleveland limitando minhas perguntas às circunstâncias relacionadas ao casamento de Enoch Drebber. A resposta foi definitiva. Fiquei sabendo que Drebber já solicitara a proteção da lei contra um antigo rival amoroso chamado Jefferson Hope e que esse mesmo Hope no momento encontrava-se na Europa. Assim que recebi essa informação, vi que tinha nas mãos a chave do mistério e que só restava capturar o assassino.

Eu já deduzira que o homem que entrara na casa com Drebber só podia ser o cocheiro do carro de aluguel. As marcas na rua mostraram-me que o cavalo havia andado para lá e para cá de maneira totalmente incompatível com a presença de alguém a tomar conta do carro. Ora: onde estaria o cocheiro senão no interior da casa? Por outro lado, é absurdo imaginar que um homem em seu juízo normal fosse capaz de cometer um assassinato deliberado praticamente diante dos olhos de uma terceira pessoa, que fatalmente haveria de denunciá-lo. Por último, supondo-se que um homem desejasse seguir outro pelas ruas de Londres, a melhor maneira de fazê-lo não seria virar cocheiro de carro de aluguel? Todas essas reflexões levaram-me à conclusão inequívoca de que Jefferson Hope devia ser procurado entre os cocheiros da metrópole.

Se o homem havia sido cocheiro, não havia por que acreditar que deixara de sê-lo. Por outro lado, de seu ponto de vista, qualquer alteração súbita poderia atrair a atenção sobre sua pessoa. Provavelmente continuaria desempenhando suas atividades, ao menos durante algum tempo. Não havia razão para supor que estivesse usando nome falso. Para que mudar de nome num país onde ninguém sabia seu nome verdadeiro? Em decorrência organizei minha brigada de investigações de meninos de rua e encarreguei-os de fazer uma verificação sistemática de todos os proprietários de carros de aluguel de Londres, até localizar o homem que eu queria. Você ainda está perfeitamente lembrado de como eles se desincumbiram bem dessa tarefa e da rapidez com que me beneficiei do fato. O assassinato de Stangerson era um incidente inteiramente inesperado, mas que dificilmente poderia ter sido evitado. Através dele, como você sabe, tomei posse dos comprimidos, cuja existência eu já deduzira. Veja que a coisa toda é uma verdadeira sucessão de fatos lógicos, sem uma ruptura sequer.

— Que fantástico! — exclamei. — Seus méritos deveriam ser reconhecidos publicamente. Você deveria publicar um relato do caso. Se não o fizer, eu faço.

— Faça o que lhe aprouver, doutor — respondeu ele. — Veja aqui! — continuou, me entregando um papel. — Dê uma olhadinha nisto!

Era uma cópia do *Echo* daquele dia; o parágrafo para o qual ele estava apontando tratava do caso em questão.

> A morte súbita de um tal Hope, suspeito do assassinato dos srs. Enoch Drebber e Joseph Stangerson, privou o público de um espetáculo sensacional. Possivelmente agora os detalhes do caso jamais chegarão a ser conhecidos, pois sabemos de boa fonte que o crime resultou de antiga rivalidade amorosa com pinceladas de mormonismo. Parece que ambas as vítimas quando jovens pertenciam à igreja dos Santos dos Últimos Dias e que Hope, o falecido prisioneiro, também era originário de Salt Lake City. Se não tiver outro efeito, o caso ao menos demonstra de forma inequívoca a eficiência de nossa polícia de investigações, servindo ainda de advertência a todos os estrangeiros: tratem de resolver suas inimizades em seus próprios países em vez de trazê-las para território britânico! Não há quem não saiba que o mérito dessa bela captura cabe inteiramente aos senhores Lestrade e Gregson, conhecidos investigadores da Scotland Yard. O homem foi capturado, ao que parece, no recinto do apartamento de um certo sr. Sherlock Holmes, o qual também apresentou algum talento detetivesco, embora amador. Com instrutores como Lestrade e Gregson, o sr. Holmes poderá adquirir oportunamente — quem sabe — parte do brilho de seus mestres. Espera-se que os dois investigadores venham a receber algum testemunho de reconhecimento pela qualidade dos seus serviços.

— Eu não lhe disse desde o começo? — perguntou Sherlock Holmes com uma risada. — É nisso que deu todo o nosso Estudo em Vermelho: conseguimos um testemunho de reconhecimento para os dois!

— Deixe para lá — respondi. — Tenho todos os fatos registrados em meu diário, e o público haverá de ser informado deles. Enquanto isso você vai ter que se satisfazer com a consciência do sucesso, como o avarento romano...

Populus me sibilat, at mihi plaudo
Ipse domi simul ac nummos contemplar in arca.[6]

6 "Na rua o povo me vaia, mas em casa, quando olho o dinheiro no cofre, me aplaudo." (N.T.)

ARTHUR CONAN DOYLE

COMO SE FABRICA UM DETETIVE

Marcos Rey

Arthur Conan Doyle foi um escritor de olhares agudos atraídos pelo visual, pelo mundo das imagens. Coisa de família: seu pai, John, e seu tio Richard eram ilustradores, o que ele também poderia ter sido, tal sua paixão pela descrição objetiva de figuras humanas e ambientes. Era um desenhista, muito voltado aos detalhes, que usava palavras no lugar de traços. O famoso ilustrador Sidney Paget[1] logo apanhou essa característica do escritor e deu a Sherlock Holmes e ao dr. Watson o aspecto gráfico que até hoje os desenhistas mantêm. Essas figuras, tão rigorosamente definidas como Dom Quixote e Sancho Pança[2], logo apareceram em quadrinhos da imprensa diária, inclusive em tiras de humor para satirizar atualidades. Quando surgiu o cinema, a dupla, já tridimensionalizada pelo teatro, saltou para a tela. Quantos atores já viveram Sherlock

1 **Sidney Paget**: Sidney Edward Paget (1860-1908) foi um artista cujos trabalhos em preto e branco se tornaram muito conhecidos no Reino Unido e nos Estados Unidos, principalmente ao ilustrar as populares histórias de detetive dos escritores Arthur Morrison e Arthur Conan Doyle. Seus desenhos apareceram em diversas revistas relevantes da época. (N.E.)

2 **Dom Quixote e Sancho Pança**: personagens parceiros do romance *O engenhoso fidalgo Dom Quixote de La Mancha*, do espanhol Miguel de Cervantes (1547-1616). Dom Quixote, alto e magro, seria o louco idealizador enquanto seu escudeiro, Sancho Pança, baixo e gordo, seria o responsável por trazer a realidade para os devaneios do amigo. (N.E.)

Watson e Holmes representados pelo desenhista Sidney Paget.

ante as câmeras! O mais frequente e notável deles, suponho, foi Basil Rathbone[3], que convencia plenamente com sua rígida magreza e sua testa ampla, com espaço para armazenar os mais complicados raciocínios.

A invenção do personagem Sherlock Holmes advinha de uma observação pessoal também própria de quem convivia com ilustradores em casa. Na Universidade de Edimburgo, Conan Doyle ficara impressionado com a figura de águia de Joseph Bell, um de seus professores, tipo estranho, bizarro, que, o aluno anotou, tinha verdadeira mania de valorizar pequenas observações. Conan Doyle comentou que Bell daria um detetive, voltado a

3 **Basil Rathbone**: Philip St. John Basil Rathbone (1892-1967) foi um ator britânico que iniciou sua carreira no teatro e depois foi para os Estados Unidos estrelar peças na Broadway. Logo passou para o cinema, interpretando Sherlock Holmes em *O cão dos Baskerville* (1939). Seu rosto anguloso, a entonação urbana e a atitude distinta lhe renderam outros 14 filmes no papel do detetive. (N.E.)

métodos científicos, um tanto parecido com o Auguste Dupin, de Edgar Allan Poe[4], um de seus autores favoritos.

A ficção policial detetivesca, de investigação, começara com Poe ao publicar o conto "Os crimes da rua Morgue", seguido de "O escaravelho de ouro". Creio que cabe também a Poe a primazia de ter lançado a *murder story*, história de crime, diversidade em que detetive e elucidação de assassinatos são dispensáveis. "O barril de Amontillado" é o primeiro ou um dos primeiros contos dessa linha[5]. Apenas muitos anos depois, já no século XX, com o livro *Os 39 degraus*, do inglês John Buchan[6], seria lançada a ficção de espionagem moderna, outra ramificação do gênero policial.

Quando Conan Doyle conheceu Poe e Gaboriau, criador de M. Lecoq[7], o policial ainda era um território recente da ficção, aberto à imaginação. Na época, o jovem estudante não pensava nisso, ele queria era obter um diploma. Depois de uma temporada num colégio da Áustria, retornou a Edimburgo, onde nascera a 22 de maio de 1859, formando-se aí em medicina. Oftalmologia foi sua especialização.

4 **Edgar Allan Poe**: contista, poeta, crítico literário e editor (1809-1849). Famoso por abordar em suas obras o mistério e o macabro. Seu poema "O corvo" (1845) é considerado um dos melhores já escritos na literatura norte-americana. No conto "Os assassinatos da rua Morgue" (1841) inaugurou as histórias de investigação modernas e apresentou o detetive amador C. Auguste Dupin em um caso narrado por seu amigo anônimo. Dupin apareceria ainda em duas outras histórias, "The Mystery of Marie Roget" (1845) e "The Purloined Letter" (1845). (N.E.)

5 A grande inovação de Poe residia no mistério passível de investigação, de resolução por meio de uma análise racional (mesmo sem a presença de um personagem detetive) – contrariando as histórias de terror e suspense anteriores, que privilegiavam explicações sobrenaturais. (N.E.)

6 **John Buchan**: político e escritor (1875-1940) conhecido por suas histórias de aventuras e ficções históricas. Escreveu cerca de cinquenta livros, concomitantemente com sua carreira na vida pública. *39 degraus* (1915) inaugurou sua série mais popular e foi a primeira obra a trazer o personagem Richard Hannay. Em 1935, um filme homônimo foi dirigido pelo diretor Alfred Hitchcock e se tornou um clássico do cinema de suspense. (N.E.)

7 **Gaboriau**: Émile Gaboriau (1832/33/35-1873) foi um escritor francês conhecido pelas novelas policiais. Suas obras mais conhecidas são *L'Affaire Lerouge* (1866), *Le Crime d'Orcival* (1867), *Monsieur Lecoq* (1868). (N.E.)

A ESTREIA

Enquanto exercia a profissão nos hospitais de Londres, Conan Doyle fazia seus experimentos literários, agora mais fascinado por Walter Scott[8] e pelos romances históricos. Mais tarde estabeleceu-se com clínica própria, o que foi um fracasso. Mal ganhava para sustentar-se. Foi quando criou o detetive Sherringford Holmes. Não sei se ainda com esse nome[9], a primeira aventura do detetive saiu publicada nas páginas da revista *Strand Magazine*, com o título "Um estudo em vermelho". Quando apareceu em livro, a ilustração da capa era de seu pai, John.

O grande acerto foi a criação do detetive com quem o dr. Watson dividiu o aluguel da Baker Street, 221B. Fisicamente era alto, mais de um metro e oitenta, muito ossudo, dando porém a impressão de força fora do comum. Não fez uma descrição minuciosa dos traços do rosto, para que a imaginação do leitor tivesse campo para atuar. As roupas foram quase que doações de ilustradores. Conan Doyle não se preocupou muito com o alfaiate de Sherlock. Caprichou, contudo, no interior do detetive, seu recheio paradoxal, tão cheio de contradições. Apaixonado pela ciência, era estranhamente voltado à música. Quando os enigmas lhe pareciam insolúveis, tocava violino. Violência não casa bem com instrumentos de corda, mas Sherlock não fora imaginado para ser um detetive comum. Recorria, claro, com maior frequência, ao cachimbo, tanto que é visto pelos ilustradores mais vezes fumando que dando concertos musicais... A cultura de Holmes/Conan Doyle tornou-se surpreendente até pelas lacunas. Conhecia tudo de química, muito de anatomia e legislação britânica. Literatura ignorava, a não ser a dita sensacionalista. Watson deu-lhe zero em filosofia e astronomia. Conhecimentos de geologia práticos, mas limitados. Acho que exagerou ao afirmar que Sherlock, em fins do século XIX, ignorasse que a Terra gira em torno do Sol. Certamente o detetive brincava. Outra esquisitice de Sherlock era a misoginia. Não era

8 **Walter Scott**: autor escocês (1771-1832), famoso por seus romances históricos. (N.E.)

9 Doyle riscou o nome Sherringford dos manuscritos; a versão final de *Um estudo em vermelho* já trazia o detetive Sherlock. (N.E.)

No cinema, os objetos emblemáticos do detetive estavam sempre presentes: a boina e o cachimbo. Em *As aventuras de Sherlock Holmes* (1939), a investigação ganha companhia feminina (Ida Lupino) — o que nunca aconteceu na obra de Doyle.

desses que vivem correndo atrás de rabo de saia. (Mas ficou razoavelmente vidrado por uma Irene Adler, personagem do conto posterior "Um escândalo na Boêmia", mulher esperta, capaz de tecer finos raciocínios.) Interessado ou não, diante da mulher, fosse qual fosse a sua classe, era sempre o *gentleman*, o cavalheiro perfeito, embora sem afetação.

Doyle atribuiu outro defeito à sua criatura, mas não na condição de vício, dependência, e sim de extravagância sob controle: o da cocaína ou outra droga, da qual parecia fazer uso reparador entre um caso e outro[10]. Outro dado pessoal para

10 No século XIX, diversos artistas e intelectuais eram entusiastas do uso da cocaína – até mesmo Sigmund Freud defendia seu uso em experimentos de psicanálise. A droga chegou a ser vendida em muitas lojas nos Estados Unidos e na Europa. Contudo, os efeitos colaterais verificados nos usuários, ao longo dos anos, comprovaram que a cocaína causava severa dependência e graves problemas à saúde. Com a virada do século, a opinião pública mudou e a droga foi considerada ilegal em diversos países. (N.E.)

configurar a raridade humana que Holmes era, colocado pelo próprio autor no universo da fofoca. Mais intimidades Watson, o memorialista, não segredou porque logo casou, mudando-se da Baker Street.

Um estudo em vermelho (1888) foi grande sucesso, porém o proprietário de outra revista procurou Arthur e lhe pediu outro, com uma condição: o personagem central, o tal detetive Holmes, teria de reaparecer juntamente com seu secretário Watson. Conan Doyle não esperava por essa exigência, mas estava precisando de dinheiro e concordou. Faria outro romance usando a figura de Sherlock. Em 1890 aparecia *O signo dos quatro*, que, como o primeiro livro, obteve um êxito relativo. A essa altura, as figuras de Sherlock e Watson já estavam solidamente configuradas na cabeça de Arthur. Sentia que podia lidar com elas desembaraçadamente, jogando com humor, esquisitices e um tipo muito direto e comunicativo de diálogo. Descobriu que não precisava do universo de um romance para que a dupla pudesse atuar. O conto seria a medida certa para as aventuras do grande detetive particular e do seu secretário médico. Testou a forma reduzida no conto "Um escândalo na Boêmia", publicado em 1891 na *Strand Magazine*. Aí o sucesso estourou definitivamente, e seu nome ficou conhecido da noite para o dia em toda a Grã-Bretanha. O jeito bizarro do professor Bell estava todo no personagem de ficção, como um ímã, e mais: havia naquele conto e nos que se seguiriam uma imagem de Londres, um cheiro acre da metrópole, que

Imagem da cidade em ebulição, feita de contrastes: Londres, em 1897.

somente Dickens[11] fora capaz de captar. O escritor revelava o charme daquela Londres sombria, cujas periferias e arredores a burguesia desconhecia completamente. O que Conan Doyle contava se opunha à ideia de uma capital pacífica, centro do bem-ordenado império vitoriano. Ele expunha uma Inglaterra perigosa, habitada por estrangeiros misteriosos, onde a ambição, à luz do sol ou protegida pelo *fog*[12], não descansava.

Depois de "Um escândalo na Boêmia", Conan Doyle publicou mais cinco histórias. Anunciou então que passaria a dedicar-se aos romances históricos, sua verdadeira vocação. Mas capitulou quando lhe pediram uma nova série de 12 contos pagando-lhe uma pequena fortuna. Nessa ocasião as aventuras de Sherlock Holmes já apareciam noutros países, como nos Estados Unidos

No ano de 1930, o autor teve seu busto esculpido, e imortalizado, no Buckingham Palace, em Londres: pouco tempo depois, viria a falecer.

11 **Dickens**: Charles John Huffam Dickens (1812-1870) foi um grande romancista inglês do período vitoriano. Popular e aclamado pela crítica, suas obras mais famosas são: *Oliver Twist*, *Uma canção de Natal*, *David Copperfield* e *Grandes esperanças*. (N.E.)

12 **fog**: em inglês, "nevoeiro". (N.E.)

e na França, e *Um estudo em vermelho* e *O signo dos quatro* eram traduzidos. O cachimbo, o boné e a lente de Sherlock, estilizados, começavam a correr o mundo. Esses objetos conquistavam os ilustradores, além dos atores que sonhavam viver no palco o papel do famoso detetive particular.

SHERLOCK ASSASSINADO

Conan Doyle, porém, como se a fama não fosse seu objetivo na vida, decidiu cometer um assassinato. Matar Sherlock Holmes. Incumbiu da tarefa o próprio professor Moriarty, matemático, o principal inimigo de Sherlock, que com ele despenca num abismo nos Alpes, no conto intitulado "O problema final". A Inglaterra ficou de luto com esse falecimento. Surgiram protestos pela imprensa e abaixo-assinados que reclamavam a volta do herói. Pessoas procuraram Conan Doyle com lágrimas nos olhos. Ele, contudo, insensível, passou a dedicar-se, como vinha anunciando, à literatura histórica de ficção. Escreveu diversos romances do gênero, como *As aventuras de Miqueias Clarke* (1889), *Escudeiro heroico* (1906) e *Aventuras de Gerard* (1903).

Nenhum desses lançamentos alcançou o sucesso que Conan Doyle esperava. Reconhecia-se que tinham valor, mas

Gravura de Holmes e Moriarty despencando para a morte em edição do conto "O problema final", ilustrado por Paget, em 1896.

faltava neles qualquer coisa. Essa coisa talvez fosse... Sherlock Holmes. Parecia até que o público queria vingar-se de Conan Doyle, o assassino de seu herói, desaprovando suas novas produções. Nunca se sabe do que o público é capaz.

A verdade é que Conan Doyle temia permanecer na literatura inglesa como um escritor de entretenimentos, em virtude do preconceito já existente contra os livros policiais, apesar de um nome como o de Edgar Allan Poe ter sido o iniciador do gênero. Mas "matara a fera", como declarara, e já nada era possível fazer. Enquanto isso, seus contos, reunidos em volumes, eram relançados em inglês e traduzidos em outros idiomas. Sherlock Holmes, mesmo morto, era um cidadão do mundo.

Conan Doyle escreveu seus romances históricos, fez viagens aventurescas à África, mergulhou em livros científicos, atento às últimas conquistas, e recaiu num marasmo. Amigos íntimos lhe solicitavam novos contos da série sherlockiana, e uns até o desafiavam afirmando que sua verve policial se esgotara. Havia sido Sherlock que o abandonara, essa era a verdade.

Um desafio é um desafio, difícil de esquecer. A não ser quando enfrentado e vencido. Conan Doyle decidiu escrever mais um trabalho policial que de forma alguma fosse inferior aos já escritos. E escreveu uma de suas obras-primas, a novela *O cão dos Baskerville* (1902), quase dez anos após a queda de Sherlock do despenhadeiro.

Depois desse gordo retorno, que apareceu em volume à parte, Conan Doyle escreveu outros contos, logo reunidos numa edição também vitoriosa, *A volta de Sherlock Holmes* (1905), que representava a vitória do insistente público sobre o criador daquele herói nacional.

Caricatura de Conan Doyle, por Bernard Partridge: prisioneiro de sua própria criação?

UM DETETIVE QUE NÃO ENVELHECE

Nessa época Conan Doyle talvez já estivesse convicto de que seus contos policiais eram muito mais que mero entretenimento. Sua entrada no século XX se fazia gloriosa, e, afinal, resignar-se com a fama é mais cômodo que aceitar o fracasso. A crítica reconhecia que o médico de Edimburgo era dono de um estilo enxuto e vigoroso. Sem palavras inúteis. E que os contos tinham uma carpintaria sólida, competente, profissional, de causar inveja a outros escritores considerados sérios. Mais ainda, o filho e sobrinho de ilustradores, como já dissemos, era um retratista incomparável da Londres noturna e misteriosa, parcamente iluminada a gás e percorrida por carruagens de todo o tipo, cenário que ainda hoje seduz os diretores de cinema.

Logo nasceriam os filhos dos leitores iniciais de Sherlock, e o detetive que atravessara de um século a outro resistia ao teste da passagem de uma geração. Nesse tempo já lhe acrescentavam detalhes e cacoetes, um deles o de dizer sempre: "Elementar, meu caro Watson". Sherlock nunca disse essa frase. Elementar, sim, disse inúmeras vezes, como também tratava Watson de meu caro — mas tudo junto, como se ironizasse o amigo, não. Atribui-se essa criação ao ator William Gillette[13], contemporâneo de Doyle, o primeiro dos muitos Sherlocks do palco. Quanto ao cinema, abusou do professor Moriarty, o grande inimigo do detetive, chamado por ele de Napoleão do Crime, que na obra de Conan Doyle aparece duas únicas vezes[14].

Inúmeros roteiros cinematográficos foram ligeiramente baseados nos contos de Conan Doyle, enquanto outros nada têm deles. Lembro-me, porém, duma adaptação fiel, inglesa, muito antiga, *A tira salpicada*, extraída do conto que já li com os títulos "A faixa sarapintada"[15] e "A faixa malhada". *O cão dos Baskerville*, contudo, teria sido a versão para o cinema que mais êxito alcançou.

13 **William Gillette**: William Hooker Gillette (1853-1937) foi um ator e dramaturgo norte-americano que adaptou para o teatro o personagem Sherlock Holmes. (N.E.)

14 Moriarty aparece no livro *O vale do medo* (1915) e no conto "O problema final", que integra o volume *As memórias de Sherlock Holmes* (1893). (N.E.)

15 O conto é comumente traduzido como "A faixa malhada" e integra o volume *As aventuras de Sherlock Holmes* (1892). (N.E.)

A maioria dos contos de Conan Doyle, sobre Sherlock Holmes e Watson, é adaptável para outras linguagens, devido a seu desenvolvimento que sempre aciona mistério, terror e uma dose considerável de ação. Alguns são mesmo inesquecíveis, como "O clube dos homens ruivos", "Os cinco caroços de laranja", "O carbúnculo azul", "O polegar do engenheiro"[16], "O círculo vermelho"[17] e muitos outros, entre os sessenta que escreveu.

Nesta imagem de 1899, vemos o ator teatral William Gillette, responsável por delinear muitos dos trejeitos de Sherlock Holmes que hoje reconhecemos em diversas adaptações.

Em seus últimos anos, Conan Doyle, vivendo de direitos autorais, inclusive de peças teatrais baseadas em seus contos, passou a dedicar-se ao espiritismo e a escrever sobre ele. Os mistérios do Além eram o que então o seduzia.

Faleceu em Cowborough, Sussex, no ano de 1930, pouco antes que seus personagens Sherlock e Watson, já no cinema falado, se tornassem rendosas atrações.

16 Os quatro contos foram retirados do livro *As aventuras de Sherlock Holmes* (1892). (N.E.)

17 O conto "O círculo vermelho" foi retirado do livro *O último adeus de Sherlock Holmes* (1917). (N.E.)

CRÉDITO DAS IMAGENS

p. 150: © American Stock/Getty Images; **p. 152** © Universal History Archive/UIG; **p. 155** © American Stock Archive/Archive Photos/Getty Images; **p. 156** © The Francis Frith Collection/Corbis/Latinstock; **p. 157** © Toronto Public Library/Canadá; **p. 158** © Universal History Archive/UIG; **p. 159** © Bernard Partridge/National Portrait Gallery, Londres, Inglaterra; **p. 161** © Gillette/London Stereoscopic Company/Getty Images

BIBLIOGRAFIA

ROMANCES COM SHERLOCK HOLMES

A Study in Scarlet (*Um estudo em vermelho*, 1888)

The Sign of Four (*O signo dos quatro*, 1890)

The Hound of the Baskervilles (*O cão dos Baskerville*, 1902)

The Valley of Fear (*O vale do medo*, 1915)

VOLUMES DE CONTOS COM SHERLOCK HOLMES

The Adventures of Sherlock Holmes (*As aventuras de Sherlock Holmes*,1892)

The Memoirs of Sherlock Holmes (*As memórias de Sherlock Holmes*, 1893)

The Return of Sherlock Holmes (*A volta de Sherlock Holmes*, 1905)

His Last Bow (*O último adeus de Sherlock Holmes*, 1917)

The Case-Book of Sherlock Holmes (*O arquivo secreto de Sherlock Holmes*, 1927)

The Complete Sherlock Holmes Short Stories (*Os contos completos de Sherlock Holmes*, 1928)

OUTROS ROMANCES, NOVELAS, PEÇAS, POESIAS

The Mystery of Cloomber (1888)

Micah Clarke (*As aventuras de Miqueias Clarke*, 1889)

Mysteries and Adventures / The Gully of Bluemansdyke and Other Stories / My Friend the Murderer and Other Stories (1889)

The Captain of the Polestar and Other Tales (1890)

The Firm of Girdlestone (1890)

The White Company (1891)

The Doings of Raffles Haw (1892)

The Great Shadow (1892)

The Refugees (1893)

Round the Red Lamp (1894)

The Parasite (1894)

The Stark Munro Letters (1895)

The Exploits of Brigadier Gerard (1896)

Rodney Stone (1896)

Uncle Bernac (1897)

The Tragedy of the Korosko / A Desert Drama (1898)

Songs of Action (1898)

A Duet with an Occasional Chorus (1899)

The Green Flag and Other Stories of War and Sport (1900)

Adventures of Gerard (*Aventuras de Gerard*, 1903)

Sir Nigel (*O escudeiro heroico*, 1906)

The Croxley Master (1907)

Waterloo (1907)

Round the Fire Stories (1908)

Songs of the Road (1911)

The Last Galley (1911)

The Speckled Band (Peça, 1912)

The Lost World (*O mundo perdido*, 1912)

The Poison Belt (*O cinto venenoso*, 1913)

Danger! and Other Stories (1918)

The Guards Came Through and Other Poems (1919)

The Poems of Arthur Conan Doyle (Compilação, 1922)

The Land of Mist (*A terra da neblina*, 1926)

The Maracot Deep and Other Stories (1929)

PRINCIPAIS OBRAS DE NÃO FICÇÃO

The Great Boer War (1900)

The War in South Africa — Its Cause and Conduct (1902)

The Story of Mr. George Edalji (1907)

Through the Magic Door (1907)

The Crime of the Congo (1909)

The Case of Oscar Slater (1912)

Great Britain and the Next War (1914)

Western Wanderings (1915)

A Visit to Three Fronts (1916)

The British Campaign in France and Flanders (1916-20)

The New Revelation (1918)

The Vital Message (1919)

The Wanderings of a Spiritualist (1921)

The Coming of the Fairies (1922)

The Case for Spirit Photography (1922)

Our American Adventure (1923)

Our Second American Adventure (1924)

Memories and Adventures (1924)

The History of Spiritualism (1926)

Pheneas Speaks (1927)

Our African Winter (1929)

The Edge of the Unknown (1930)

Este livro foi composto nas fontes Fairfield, Gorri Sans, Neutra Text e em letterings desenhados por Diego Patiño e Luiz Dominguez e impresso sobre papel Pólen Soft® 70 g/m².